à primeira vista

Obras do autor lançadas pela Galera Record:

O caderninho de desafios de Dash & Lily, com Rachel Cohn
Dois garotos se beijando
Garoto encontra garoto
Invisível, com Andrea Cremer
Naomi & Ely e a lista do não beijo, com Rachel Cohn
Nick & Norah: Uma noite de amor e música, com Rachel Cohn
Todo dia
Will & Will – Um nome, um destino, com John Green
Me abrace mais forte
Outro dia

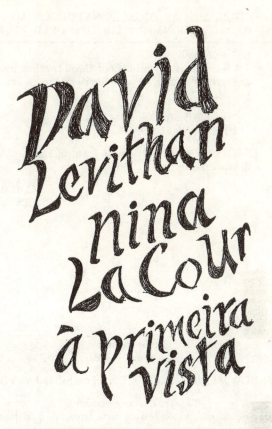

Tradução de
Regiane Winarski

1ª edição

— Galera —

RIO DE JANEIRO

2017

CIP-BRASIL. CATALOGAÇÃO NA PUBLICAÇÃO
SINDICATO NACIONAL DOS EDITORES DE LIVROS, RJ

LaCour, Nina

L146p   À primeira vista / Nina LaCour, David Levithan; tradução de Regiane Winarski. – 1. ed. – Rio de Janeiro: Galera Record, 2017

Tradução de: You Know Me Well
ISBN: 978-85-01-10934-7

1. Ficção juvenil americana. I. Levithan, David. II. Winarski, Regiane. III. Título.

17-38964

CDD: 028.5
CDU: 087.5

Título original:
You Know Me Well

YOU KNOW ME WELL © 2016 by David Levithan and Nina LaCour

Todos os direitos reservados.
Proibida a reprodução, no todo ou em parte, através de quaisquer meios.
Os direitos morais do autor foram assegurados.

Texto revisado segundo o novo Acordo Ortográfico da Língua Portuguesa.

Composição de miolo: Abreu's System

Direitos exclusivos de publicação em língua portuguesa somente para o Brasil adquiridos pela
EDITORA RECORD LTDA.
Rua Argentina, 171 – Rio de Janeiro, RJ – 20921-380 – Tel.: (21) 2585-2000, que se reserva a propriedade literária desta tradução.

Impresso no Brasil

ISBN 978-85-01-10934-7

Seja um leitor preferencial Record.
Cadastre-se e receba informações sobre nossos lançamentos e nossas promoções.

Atendimento e venda direta ao leitor:
mdireto@record.com.br ou (21) 2585-2002.

Para Kristyn
(é claro)
— N

Para Billy, Nick e Zack
(pelo Grande Almoço Gay e tudo mais)
— D

SÁBADO

1

Neste momento, meus pais acham que estou dormindo no sofá da casa do meu melhor amigo, Ryan, aconchegado e protegido no silêncio do subúrbio. Ao mesmo tempo, os pais de Ryan acham que ele está na cama de cima do beliche do meu quarto, dormindo tranquilamente depois de uma noite sem graça jogando videogame e assistindo à televisão. Na verdade, estamos no Castro, em uma boate chamada Happy Happy, nos acabando na gigaytesca festa de abertura da Semana do Orgulho Gay de São Francisco. A galera toda está presente hoje, respirando e dançando ao som do arco-íris. Ryan e eu somos menores de idade, temos pouca experiência, estamos com roupas inadequadas para a ocasião e totalmente encantados pelo cenário ao nosso redor. Ryan parece meio assustado, mas tenta disfarçar com sobrancelhas arqueadas e uma cortina de fumaça de sarcasmo. Se alguém de quem não gosta se aproxima, ele segura minha mão fazendo parecer que está acompanhado, mas, em qualquer outra situação, as mãos ficam bem longe. No contexto do nosso relacionamento, isso faz todo sentido: somos só amigos, exceto pelos momentos em que, ops, somos mais que só amigos. Não falamos sobre esses momentos, e eu acho que Ryan acredita que, se não falarmos sobre eles, significa que não acontecem. É isso que ele quer.

Eu não sei o que quero, então basicamente vou dançando conforme a música.

Foi ideia minha vir, mas eu jamais conseguiria ter vindo sem Ryan ao meu lado. Sempre andei sozinho pelos corredores da escola, vivendo minha vida fora do armário, do mesmo jeito que vivia antes de todo mundo (inclusive eu) saber. Só que agora estamos na última semana do segundo ano, e pareceu a hora certa de dar aquele salto de 45 minutos até a cidade. "Doces 16 anos e nunca se arriscou", é assim que Ryan chama minha vida — como se saísse escondido muito mais que eu. Por sorte, aparento ser mais velho, a ponto de o treinador de um time adversário uma vez pedir para ver meus registros e assim ter certeza de que eu não era um impostor com idade de universitário. Não tenho identidade falsa nem nada, mas em um lugar como o Happy Happy na primeira noite do Orgulho Gay, não havia muita chance de verificarem. Só tivemos de fazer cara de quem sabia o que estava fazendo, e isso bastou para entrarmos.

Fiquei um pouco surpreso quando Ryan disse que viria, porque ele insiste que ser gay "não é da conta de ninguém". Onde eu me encaixo nessa história, não tenho muita certeza. Tem vezes que quero sacudi-lo e dizer: Cara, eu sou o jogador de beisebol com os amigos atletas, e você é o poeta sensível que edita a revista de literatura. Não devia ser *eu* a ter medo? Mas aí penso que não estou sendo legal, ou ao menos compreensivo, pois Ryan precisa descobrir as coisas sozinho. Não existe forma de descobrir as coisas para outra pessoa. Mesmo que seja o melhor amigo em quem você sempre acaba dando uns pegas.

Está bem escuro e não tem muito espaço para se movimentar. Estamos recebendo muitos olhares predadores de outros caras. Quando eles são bonitos, acho que Ryan gosta. Mas eu me sinto estranho. Conhecer uma pessoa nova não foi o que me motivou a vir, embora talvez tenha passado pela cabeça de Ryan quando ele disse sim. Tem alguns caras na festa que lembram meu pai se usasse roupa de couro, e tem outros que parecem estar ensaiando para selfies. As frases de todo mundo se chocam e formam um barulho absurdo, e meus pensamentos se sobrepõem tanto que só o que consigo sentir é a intensidade deles.

As festas às quais já fui aconteceram em porões e ginásios de escola. Agora, parece que entramos em um mundo mais amplo e ao mesmo tempo mais estreito. Robyn está cantando sobre dançar sozinha, e as pessoas movem os corpos em sintonia. Não são as pessoas com quem costumo sair. Não estamos na sala de jogos do Brewster, assistindo a um jogo do Giants. Não é uma galera que toma cerveja. Todo mundo aqui toma drink.

Não estamos exatamente no bar nem na pista de dança. Ryan parece prestes a dizer alguma coisa, mas um homem com uma câmera se coloca na sua frente e me pergunta quem sou eu. Ele não aparenta mais que 30 anos, mas tem cabelo bem grisalho.

— Como? — grito em meio ao barulho.

— Quem é você? — pergunta ele de novo.

— Sou Mark — respondo. — Por quê?

— Você é modelo?

Ryan ri ao ouvir isso.

— Não! — respondo.

— Deveria! — diz o homem.

Acho que não está falando sério, mas ele pega um cartão de visitas e me entrega. Antes que eu possa dizer qualquer coisa, um flash é disparado. Ainda estou piscando por causa do brilho repentino quando o fotógrafo pega no meu braço e me diz para mandar um e-mail para ele. Em seguida, desaparece na multidão.

— O que foi *isso*? — pergunto a Ryan.

— Está falando comigo? — responde ele. — Parece que estou invisível no momento. Ou pelo menos estou invisível para renomados fotógrafos de moda.

Ryan é tão bonito quanto eu, mas é contra as regras eu dizer isso a ele.

Deixo o cartão cair no chão e digo:

— Esquece.

Ryan se inclina, pega o cartão e me devolve.

— Guarde como lembrança — sugere. — Você não vai fazer nada com ele mesmo.

— Quem disse?

— Vamos dizer que a história está do meu lado.

Não é uma inverdade. Eu sou tímido. Às vezes, extremamente tímido. E é particularmente doloroso quando alguém me lembra disso.

— Vamos dar mais uma olhada por aí? — pergunto. — Quem sabe dançar um pouco?

— Você sabe que não sei dançar.

O que ele quer dizer é: ele não dança quando outras pessoas estão olhando. Essa foi a desculpa quando eu quis levá-lo ao baile do segundo ano. Teria sido um grande passo para nós, e ele me olhou como se eu tivesse perguntado se ele queria me dar uns pegas dentro de um tanque de tubarões. Na frente dos pais dele. Em vez de dizer que não podíamos ir ao baile porque queria que nossa história ficasse em segredo, ele mascarou a recusa com a desculpa de não saber dançar. Eu sabia que ele não me faria passar pela humilhação de vê-lo ir com outra pessoa; pelo menos ele não tentaria viver *essa* mentira. Mas também não ia comigo.

Acabei desistindo. Ele foi para minha casa, e achei que me compensaria, mas só assistimos a *Sangue negro*. Depois ele foi embora.

Consigo entender não querer dançar na frente de todo mundo que a gente conhece. Entendo que é uma coisa difícil. Mas esperava que aqui fosse ser diferente. Tinha esperanças de que o fato de estarmos no meio de tantos estranhos felizes fosse mudar o rumo das coisas.

— Vamos — digo, tentando manter o tom leve. — É a Semana do Orgulho Gay!

Os olhos de Ryan já se deslocaram para outro lugar. Sigo seu olhar e vejo um universitário bonito, com óculos de Clark Kent e uma camiseta azul básica, levemente rasgada no ombro esquerdo. Ele seria o menino dos olhos de qualquer viciado em livros; é bem mais o tipo de Ryan do que eu jamais serei. Ele percebe Ryan olhando para ele... e percebe que estou olhando para ele, e me olha nos olhos em vez de olhar nos de Ryan. Eu desvio o olhar rapidamente.

— Eu vi primeiro — murmura Ryan. Ele só pode estar brincando, mas alguma coisa na boca do estômago me diz que não está. Em seguida, ele diz: — Ah, *cara*. — Eu olho, e o Clark Kent da Livraria Indie está abraçado a um garoto com um gorro de esqui, apesar de estarmos em junho. O Garoto do Gorro se inclina para um beijo, que Clark aceita com alegria. Se fosse um mangá, corações estariam subindo como balões acima de suas cabeças.

— A Happy Happy está me deprimindo — ironiza Ryan. — Você prometeu diversão. Onde está a diversão?

Esse foi meu grande argumento: *vai ser divertido*. O que não acrescentei foi que a ideia de sair escondido de casa, ir na ponta dos pés até o trem e seguir para a cidade, onde ninguém nos conhece... me pareceu romântica, acho. No trajeto, foi quase assim, como se fosse uma aventura nossa, juntos. Eu apertei a perna na dele, e ele não se afastou. Ficamos fazendo piadas e imaginando a cara de minha mãe se fosse dar uma espiada na gente e visse o quarto vazio. (Minha mãe fica aborrecida quando tem uma almofada do sofá fora do lugar). Achei que as pessoas veriam um casal quando nos olhassem, e tive uma sensação que confirmava isso.

Agora, acho que veem dois amigos. Devo parecer o conselheiro amoroso de Ryan.

— Quero uma bebida — declara ele.

— Você vai ser pego — lembro.

— Não, não vou. Tenha fé. Alguns de nós não são Timmy Tímidos.

Eu o sigo enquanto abre caminho pela multidão e chega ao bar. Fico me perguntando o que vai acontecer se eu parar de andar, se deixar a multidão ocupar o espaço entre nós. Ele repararia? Voltaria para me procurar? Ou seguiria em frente, porque para a frente é seu destino, já eu não sou?

Hesito por um instante, e nesse momento ele estende a mão para segurar a minha. Como se sentisse minhas dúvidas. Como se não precisasse se virar para saber exatamente onde estou. Como se tudo pelo que passamos tivesse construído pelo menos essa ligação, esse tipo de ponte.

— Fique comigo — pede ele.

E eu fico. E, quando chegamos ao bar, o Ryan Encantador volta. As sombras somem do seu humor. Quando o barman se aproxima, Ryan joga as palavras, como se soubesse que vão flutuar até os ouvidos de qualquer um que as ouvir. O barman sorri; não consegue não gostar de Ryan. Foi por esse garoto que me apaixonei uns oito anos depois de termos ficado amigos. Foi esse garoto que me fez querer ser quem sou. É desse garoto que posso pegar minha confiança emprestada.

O barman volta com duas taças de champanhe, e não consigo segurar uma gargalhada pelo quanto parece bobo. Apesar de eu não beber, Ryan me entrega uma das taças.

— Só um gole — diz ele. — Se você não beber, não vai ser um brinde. Vai ser vazio.

Eu cedo e ergo a taça. Nós as batemos, e tomo um golinho enquanto ele vira a bebida. Quando termina, dou minha taça para ele.

— Eu queria que você vivesse um pouco — diz ele, quando o champanhe já não está mais espumando na taça.

— O que isso quer dizer? — pergunto, apesar de nós já termos tido essa conversa.

— Nada.

— Não pode ser nada.

— Não, é. É precisamente nada.

— O que é precisamente nada?

— O grau no qual você se joga no mundo.

Eu não faço ideia de por que isso é o assunto do momento.

— Do que você está falando? O fato de eu não beber todo o champanhe me torna o quê? Um Connor Covarde?

— Não é só isso. — Ele aponta para as pessoas com a taça vazia. — Este salão está cheio de homens atraentes. Você é um belo exemplar masculino. Mas não está nem olhando ao redor. Não está nem tentando. Aquele cara deu um cartão que você nunca vai usar. Outros caras ficam olhando para você. Podia usar isso a seu favor. Mas não quer.

— O que você quer que eu faça? — Eu vejo a lista de inscrição ao lado de seu cotovelo. — Que entre na competição de cueca da meia-noite? Que dance em cima do bar?

— Sim! É *exatamente* isso que quero que faça!

— Para eu encontrar um cara com quem ficar?

— Ou *conversar*. Não me olhe assim. Estamos longe de ser os únicos adolescentes aqui. O Príncipe Encantado pode estar bem aqui, agora.

Você não consegue ver que é você?, a parte de mim que já devia saber a resposta quer perguntar. Mas isso também é contra as regras.

— Tudo bem — decido, e, antes que Ryan possa dizer outra palavra, estico a mão no balcão do bar para pegar a prancheta. Pego a caneta que ele sempre carrega no bolso e escrevo meu nome.

Ryan ri.

— Não acredito. Você não vai até o fim com isso.

— Só olhe — digo... apesar de saber que ele está certo. Eu me sinto bem no vestiário ou com Ryan. Mas em público? De cueca? É tão provável quanto eu voltar para casa com uma garota.

Mesmo assim, uma coisa é eu ter na minha cabeça que não vou fazer, e outra bem diferente é Ryan ter na cabeça *dele*. Porque, quanto mais ele insiste que vou desistir, mais quero provar que está errado. Há dois pesos e duas medidas aqui: ele também não faria de jeito algum. Mas o desafiado sou eu.

Ficamos repetindo a mesma coisa por alguns minutos, mas chega a meia-noite e o DJ chama todos os participantes para o bar. O barman coloca todos os nomes em uma peruca rosa de cabeça para baixo e grita o meu primeiro, seguido de nove outros. O homem ao meu lado começa a tirar as roupas na mesma hora, expondo um peito de armadura de aço e abdome de papel quadriculado. Acho que talvez o tenha visto nadando nas Olimpíadas, ou pode ser a cueca em formato de sunguinha que tenha provocado a ideia. O barman diz que vamos começar em um minuto.

— É agora ou nunca — diz Ryan. Pela forma como ele pronuncia a frase, percebo que está apostando no nunca.

Eu tiro os sapatos. Enquanto Ryan observa, chocado, tiro a calça jeans e depois as meias, porque ficar de meias seria ridículo. Não posso me permitir tempo para pensar no que estou fazendo. É estranho estar descalço no meio de uma boate lotada. O chão está grudento. Eu puxo a camisa pela cabeça.

Estou de cueca. Cercado de estranhos. Achei que ficaria com frio, mas é como se eu estivesse sentindo o calor da boate com mais intensidade. Tantos corpos enevoando o ar. E eu bem no centro de tudo.

Não me reconheço, mas não tem problema.

O barman chama meu nome. Entrego minha camisa para Ryan e pulo no balcão do bar.

Meu coração está batendo com tanta força que consigo sentir o retumbar nos ouvidos.

Os gritos são altos, e o DJ coloca "Umbrella" de Rihanna nos alto-falantes. Não faço ideia do que devo fazer. Estou em cima do bar com minha cueca boxer vermelha e azul, com medo de derrubar a bebida das pessoas. Os clientes fazem a gentileza de pegar seus copos, e, antes que perceba o que estou fazendo, eu estou... me mexendo. Finjo que estou no meu quarto, dançando de cueca, porque é uma coisa que faço com frequência. Só que sem plateia. Sem gente gritando e assobiando. Balanço os quadris e levanto a mão no ar e canto junto a parte do "-ella, -ella, -eh, -eh". Mais que tudo, olho para a expressão no rosto de Ryan, de puro espanto. Jamais vi nele um sorriso tão largo e brilhante. Nunca o senti tão orgulhoso de mim. Ele grita a plenos pulmões. Aponto para ele sorrindo da mesma forma. Danço com ele, apesar de ele estar lá embaixo, e eu, aqui em cima. Deixo todo mundo ver o quanto eu o amo, e ele não foge da minha demonstração, porque por um momento não está pensando nisso, só está pensando em mim.

Absorvo tudo. O mundo, do meu ponto de vista, é louco e lindo. Olho a multidão e vejo pessoas se divertindo: se divertindo comigo ou tirando sarro de mim ou imaginando estar se divertindo comigo. Casais de homens e casais de mulheres. Jovens skatistas e homens que parecem presidente de banco no dia de folga. Pessoas de toda a região da baía, muitas dançando junto, algumas começando a jogar dinheiro na minha direção. Clark Kent está no meio das pessoas, me olhando. Quando olho para ele, posso jurar que ele pisca.

Sinto meu olhar voltar para Ryan. Sinto que estou voltando para ele. Mas, no caminho, outra pessoa chama minha atenção. Antes que eu possa voltar para Ryan, ainda ali em cima de cueca, pensando que ele é a única pessoa no local que sabe quem eu sou, vejo outro rosto familiar. A música parece parar por um segundo, e fico abalado. Porque, sim, só pode ser ela. Aqui, nesse bar gay, me vendo dançar quase nu em cima de um tapete de notas de dólar.

Katie Cleary.

A aluna do terceiro ano que se senta ao meu lado na aula de cálculo.

Kate

2

— Me conte sobre ela de novo — peço.

Mudo de faixa na pista superior da Bay Bridge para termos a melhor vista das luzes da cidade, embora June e Umma estejam se beijando no banco de trás, alheias ao cenário, e de Lehna estar ocupada, procurando no celular a próxima música que devemos ouvir.

Ela ri.

— Não sei se ainda tem alguma coisa para contar.

— Tudo bem se eu já tiver ouvido.

Os primeiros acordes de "Divided", de Tegan and Sara, começam a tocar, e por um momento lembro como foi para mim e Lehna estar no show delas, no mar de garotas que amam garotas, quando estávamos no oitavo ano, e que senti uma coisa bem no fundo do coração e das entranhas que dizia *sim*.

— Ela chegou terça — diz Lehna. — Estava com *jet lag*, mas me disse que era acostumada a viajar, a não dormir muito, a normalmente ter horários malucos. Quando falamos ao telefone, ela estava costurando lantejoulas em um lenço. Disse que gosta de brilhar na Parada.

— Estou simples demais hoje? Sou o oposto de brilho.

Comecei a me preocupar com o que vestir várias semanas antes, mas isso não me deixou mais próxima de uma solução quando o hoje chegou. Acabei escolhendo o que esperei que fosse parecer meio boêmio, simples, mas ainda arrumado. Uma camisa jeans leve e macia para dentro de uma calça de jeans escuro. Cinto marrom com fivela turquesa. Botas de salto alto. Brincos de bronze compridos em forma de diamante e batom bem vermelho. Fiz uma trança lateral frouxa caída no ombro. Entre momentos de dúvida quase paralisante, olhei no espelho e pensei por meio segundo que eu parecia o tipo de pessoa que gostaria de conhecer, se já não me conhecesse.

— Você está ótima! — elogia June no banco de trás.

— Eu me apaixonaria por você — diz Umma.

Lehna diz:

— É. Parece uma europeia, coisa que Violet vai gostar. E, depois dos artistas com quem ela tem andado, você provavelmente vai parecer normal.

Essa palavra, *normal*, me enche de pânico.

— Não esqueça de retocar o batom. Realça o verde dos seus olhos.

Eu faço que sim. Aumento a música e tento me acalmar. Pela janela, as luzes da cidade se espalham à frente, cheias de promessa. As pessoas nos carros ao redor sorriem ou balançam a cabeça ao ritmo da música. Estamos a caminho da mesma festa, ainda que esteja acontecendo em centenas de bares e salões diferentes. Vamos celebrar cada um e celebrar uns aos outros. Vamos nos apaixonar ou nos lembrar de todas as pessoas que amamos no passado. No meu caso, a lista seria bem pequena. E isso é parte do motivo para esta noite me assustar tanto.

Lehna e eu somos amigas desde os 6 anos, então já sei sobre sua prima, Violet, há anos. Filha da tia jornalista de Lehna, Violet nunca morou no mesmo lugar por mais de um ano, jamais frequentou uma escola tradicional e está viajando pela Europa há vinte meses, estudando com trapezistas enquanto a mãe documenta a vida no circo. Violet sempre foi fonte de fascinação. Mais ainda quando, ano passado, escreveu de Praga para Lehna e contou que tinha se apaixonado por uma garota. Violet descreveu a paixão de uma forma que ninguém vivendo uma vida normal no subúrbio da Califórnia conseguiria. Usou adjetivos como *tórrido* e expressões como *caso amoroso*. A garota era dos Alpes suíços, o nome era Mathilde, a relação começou e terminou em duas semanas, do momento em que o circo chegou à cidade até o dia de arrumar as coisas e partir.

Então, dois meses depois, Violet escreveu novamente para dizer que voltaria a morar em São Francisco. A mãe tocaria o projeto do circo, mas Violet ia fazer 18 anos e queria cuidar da própria vida. *Eu quero saber como é ficar no mesmo lugar por um tempo*, escreveu ela. *Então, estou voltando para casa, apesar de nem lembrar como são as estações do ano por aí.* Quando um dia, já tarde da noite, Lehna disse com entusiasmo que devia me apresentar Violet, eu fingi que o pensamento não tivesse me ocorrido, quando na verdade era tudo que eu tinha na cabeça havia meses.

— Se lembre de me chamar de Kate na frente dela — peço.

— Pode deixar. Kate, não Katie.

— Obrigada — agradeço, apesar de conseguir perceber pelo sorrisinho e pelo tom de voz que ela se irritou.

Pego a saída para Duboce. Já fui dirigindo para essa casa algumas vezes. É uma casa vitoriana clássica de São Francisco, com aposentos pequenos e pé-direito alto. Uma amiga de Lehna, Shelbie, mora ali com um grande labrador marrom e pais que parecem nunca estar em casa. Violet também a conhece. A mãe de Shelbie e a mãe e a tia de Lehna se conhecem há muito tempo, eu acho. Não entendi direito a ligação, mas estou disposta a aceitar porque está me levando para mais perto de finalmente conhecer Violet.

Agora que estamos na cidade, que o Jeep velho do meu pai nos aproxima cada vez mais de nosso destino, as ruas cheias de gente comemorando, a noite vibrando ao redor, sinto minhas mãos começarem a tremer.

Sei que é só um primeiro encontro. Sei que Violet já ouviu falar de mim e que também quer me conhecer. Sei que não devia ser o fim do mundo se as coisas não derem certo entre nós. Mas a verdade constrangedora é que tenho coisas demais em risco para agir com casualidade em relação a isso.

Quando estou na aula de história, ouvindo meu professor falar sobre datas e nomes de batalhas, penso em Violet. À noite, enquanto lavo a louça e escuto músicas de amor com meus enormes fones de ouvido, penso em Violet. Penso nela quando acordo de manhã, e quando estou misturando tinta a óleo e quando estou tirando livros do armário. E quando começo a sentir medo de ter escolhido a faculdade errada ou se a minha futura colega de quarto vai me odiar, ou se vou crescer e esquecer as coisas que já amei — azul-cobalto, uma colina que tem atrás da escola, procurar slides velhos em mercados de pulga, a música "Divided" —, eu penso em Violet. Ela está pendurada em um trapézio, usando fantasias coloridas, seguindo em caravana pela Europa enquanto faz piadas com cuspidores de fogo e equilibristas de corda bamba, depois voltando a São Francisco e se apaixonando por mim.

— Tem uma coisa que preciso mencionar — diz Lehna, quando seguimos pela Guerrero Street. — Eu posso ter contado a ela que você tem uma exposição individual prestes a ser inaugurada em uma galeria da cidade.

— *O quê?*

— Estávamos conversando sobre como você é boa pintora, e eu acabei me empolgando por um segundo.

— Mas eu *nem* conheço galerias na cidade — digo.

— Vamos pesquisar alguns lugares quando chegarmos à casa de Shelbie, tá? Quando Violet te conhecer, não vai mais ligar para isso. Por enquanto, faz você parecer sofisticada e bem-sucedida. Aqui, estacione na entrada. Shelbie disse que não tinha problema.

Entro no espaço apertado e estaciono em uma inclinação que parece perigosa.

— Pombinhas! — diz Lehna para o banco de trás. — Está na hora de sair do carro!

Escuto Umma sussurrar alguma coisa e June rir, e acho que alguma passagem de tempo esquisita acontece, porque as três estão fora do carro e eu ainda estou aqui, segurando o volante.

Lehna bate na janela.

— Venha, *Kate*.

Eu as sigo para dentro da casa, onde Shelbie e os amigos lindos e descolados da cidade se esparramam em sofás e tapetes, rindo e bebendo. Todos aqueles jovens, gays e héteros e tudo que existe no meio disso, nos olham, acenam e dizem oi, e eu gostaria de parar e conhecer alguns deles, mas Lehna vai para o escritório, onde o protetor de tela do computador brilha exibindo fotos da família, e diz:

— A gente tem de pesquisar uma coisa rapidinho. Já voltamos.

E, apesar de eu estar bem atrás dela, ela diz:

— Vamos, *Kate*.

Estou prestes a perguntar por que é tão irritante para ela; é meu nome, afinal. Não decidi que quero ser chamada de uma coisa qualquer, aleatória. É só outra forma de Katherine, que eu acho que fica melhor para mim. Mas não preciso perguntar porque já sei a resposta. Quando se é amiga de alguém há tanto tempo, é fácil sentir como se ela pertencesse a você, como se a versão da pessoa de quem você ficou amiga fosse a única real. Se ela odiava ervilha quando criança, ela sempre vai odiar ervilha, e se começar a comer e declarar que acha uma delícia, só está se iludindo, mascarando o ódio que sente pela ervilha, tentando fingir que é uma pessoa que não é.

Mas a questão é que jamais escolhi ser chamada de Katie. Até onde sei, é assim que meus pais me chamam desde que saí do útero, e só pensei nas outras possibilidades recentemente, quando comecei a sentir como se alguma coisa estivesse errada cada vez que alguém dizia meu nome. E quando estou ali naquela sala escura enquanto Lehna pesquisa nomes e descrições de galerias de arte em São Francisco, não consigo deixar de pensar que isso também se aplica a muitos de meus amigos. Eu não escolhi ser amiga de Lehna. Não *de verdade*. Só caí nessa amizade da mesma forma que se cai no meio das coisas quando se é uma criança em uma escola nova e a primeira pessoa que presta atenção em você parece uma dádiva, um alívio incrível. Você não está sozinha. Tem uma amiga. E só mais tarde, talvez até anos depois, é que você para e se pergunta: *Por que essa pessoa? Por que ela?*

Lehna recita os nomes das galerias, mas consigo ver pelas imagens nas telas que meus quadros não seriam adequados para nenhuma delas.

— Isso é uma péssima ideia — digo. — Se ela tocar no assunto, vou dizer que você me entendeu errado, sei lá. Vou dizer que eu *quero* fazer uma exposição um dia.

— Não é suficiente — argumenta Lehna. Ela se vira na cadeira giratória e me olha. — Você quer isso, não quer?

— Sim — respondo. — Quero.

E consigo ver o quanto Lehna também quer que as coisas deem certo entre mim e Violet. Tem de haver um meio-termo. Eu me inclino para perto do computador e digito: *salão de cabeleireiro galeria de arte são francisco*.

— Vamos começar de forma mais realista, tá?

Encontro um salão moderninho em Hayes Valley que exibe o trabalho de um novo artista a cada mês.

— Seus trabalhos são bem melhores que isso — diz Lehna, apesar de os trabalhos em exibição este mês serem ótimos. Desenhos de linhas delicadas com manchas de cor. A maioria retratos, alguns botânicos. Ela clica em alguns outros links até encontrar uma lista das melhores novas galerias de São Francisco.

— Dê uma olhada aqui — pede ela. — Escolha uma.

— Tudo bem — respondo, embora eu saiba que é uma péssima ideia. Porque o que Lehna está sugerindo é que ainda não sou boa o bastante para Violet. Eu preciso ser melhor, e sei que posso ser, mesmo se tiver de fingir por um tempo. — Mas não tenho exposição marcada ainda — digo para Lehna.

— Está em estágio preliminar.

— Vamos dizer que eles ficaram loucos quando viram seu portfólio. É só uma questão de tempo.

Ela enfia a mão no bolso para pegar o celular e, quando olha para mim, está sorrindo.

— Violet está vindo — diz ela. — Será que você pode retocar o batom?

— Ah, sim.

Eu me levanto e percebo que estou quente e tonta, e digo:

— Acho que meu batom ficou no carro. — Mas sei que não ficou.

Saímos do escritório e nos juntamos às pessoas que já se multiplicaram nos poucos minutos que ficamos lá dentro. Não reconheço nenhum dos rostos, e estão todos absortos demais uns nos outros para prestarem atenção em nós. Lehna ao menos *parece* ser parte do grupo, usa piercing no nariz e o cabelo preso em um rabo de cavalo que exibe o lado que ela deixa raspado à máquina. June e Umma não estão ali. Devem ter ido para algum quarto.

— Já volto — aviso a Lehna, e ela assente e entra na cozinha.

Contorno os jovens sobre os tapetes e saio da casa, passo pelo meu carro e vou até a esquina, dizendo para mim mesma que vou só dar uma volta no quarteirão. Preciso de alguns minutos sozinha, porque, de repente, me sinto burra e pequena, e que não posso ser digna dessa garota que estou prestes a conhecer.

Mas chego ao final do quarteirão e continuo andando pelo Dolores Park em meio a pessoas comemorando. São uma multidão feliz, e estou me deixando levar, cada vez mais fundo no mar de gente, cada vez mais longe do momento que espero há tanto tempo.

A sensação aqui fora é de quilômetros de distância da sala de Shelbie. Um bando de adolescentes cool sentados não se parece em nada com o enxame vibrante nas ruas. Aqui, tudo é elétrico e feliz. Até as mulheres com aparência mais séria, encostadas nas vitrines das lojas com ar inacessível, parecem amolecer quando sorrio para elas. Até os garotos com aparência mais distante parecem fofos.

Não sei há quanto tempo estou andando, e não quero pegar o celular para ver. Eu devia voltar, mas ainda não estou pronta para deixar isto tudo. Só de pensar em Violet, minhas mãos tremem, e estou junto à porta aberta de uma boate que está me chamando com um remix techno de uma velha música de jazz. Eu retoco o batom na vitrine escura, para mim, não para Lehna, e entro. Está tão escuro que meus olhos demoram um minuto para se ajustar, mas logo vejo o bar. Vou só tentar comprar uma bebida e me dar um tempo para me acalmar. Depois volto, ignoro a reprovação de Lehna e conheço Violet.

O garoto servindo as bebidas é uma perfeição, e a quantidade de homens que esperam para lhe fazer os pedidos parece diretamente proporcional a sua beleza. Mas, na outra ponta do bar, uma garota bonita de cabelo curto e musculosos braços tatuados parece estar voltando de um intervalo, então vou até ela e dou um sorriso. Ela me olha nos olhos e faz um gesto que quer dizer que vai me atender.

Eu me inclino no balcão até nossos rostos ficarem próximos. Ela vira o rosto para conseguir ouvir minha voz mesmo com a música.

— Gim-tônica. — Lehna aprendeu isso com a irmã mais velha e me ensinou a dizer com confiança. É a única bebida que sei pedir.

A barwoman se vira e pega a garrafa verde e um copo.

Eu queria ter o número do celular de Violet, assim eu mandaria uma mensagem para ela dizendo: *Acabei me desviando e vim parar num bar. Quer vir me encontrar aqui?* Eu diria: *Estou muito ansiosa para conhecer você.*

Evito olhar para o celular aceso quando enfio a mão na bolsa para pegar a carteira. A barwoman coloca a bebida na minha frente com um guardanapo rosa-néon, e entrego para ela dez dólares. Vou para uma mesa alta com um único banco, que foi empurrada para perto da parede e deixada vazia porque todo mundo aqui está de pé ou dançando, abrindo caminho para o centro da festa. Tomo meu primeiro gole na hora que o barman perfeito faz um anúncio seguido de gritos. É de uma competição; não consigo entender de que, mas em pouco tempo "Umbrella" começa a tocar e homens quase nus sobem no bar. Alguns parecem superconfiantes, alguns parecem envergonhados, mas todos estão se divertindo, e essa felicidade toma conta de mim. Eu os vejo andar de um lado para o outro, e vejo a multidão os observando, e reparo que a maioria dos caras está concentrada em um dançarino em particular. Sigo o olhar deles até um garoto que parece jovem demais para estar aqui, mas que também parece totalmente à vontade.

Ele veste apenas cueca boxer justa do tipo que vi nas propagandas da Calvin Klein, vermelha e azul; e com o cabelo louro curtinho e a saúde que exibe, poderia muito bem ser o garoto-propaganda gay dos Estados Unidos. Diferentemente dos outros caras, que parecem praticamente estar trepando com o bar, ele nem parece estar tentando ser sexy. Só está dançando e cantando. Eu canto com ele. Ele aponta para a multidão, e um garoto de cabelo escuro grita para ele. E parece loucura, mas eu *conheço* esse garoto. Ele é do segundo ano; o nome dele é Ryan. Ele usou uma das minhas pinturas de paisagem para a capa do periódico literário no semestre passado. Não consegui descobrir se ele era gay, mas acho que isso responde minha pergunta.

E agora estou começando a achar que o garoto dançando parece meio familiar, como se eu o tivesse visto em um comercial ou algo assim, como se ele estivesse nos bastidores enquanto eu estava pensando em outras coisas. Mas não. Eu o conheço da vida real, acho, porque ele me viu agora, e sua postura muda.

Ele fica paralisado. *Mark Rissi!* Nós nunca conversamos, mas sentamos juntos na aula de cálculo. A música parou, e a galera está indo à loucura. Mark pula do bar, e Ryan tenta lhe dar um tapa na mão, mas Mark continua me olhando, pega as roupas da mão de Ryan e diz alguma coisa.

Quando Mark chega a minha mesa, ainda fechava o cinto. Ele para na minha frente e diz:

— Ah, meu Deus.

Toda aquela confiança e alegria se foram, e quero tudo de volta, por ele. Aquela *adrenalina*. Quero de volta para todos nós. Sinto que compartilhamos alguma coisa, o que falta a nós agora.

— Oi, Mark — digo. — É Mark, não é?

Ele assente, mas a única coisa que diz novamente é:

— Ah, meu Deus.

— Tenho uma coisa séria pra te perguntar. — Meu coração está disparado porque não sou o tipo de pessoa que se abre com qualquer um. Costumo ser mais ouvinte, não aquela que conta os próprios problemas, mas esta não é uma noite típica.

Violet está a menos de um quilômetro e meio de distância, o baixo está vibrando, o globo espelhado lança diamantes de luz pela escuridão, e acontece que o atleta tímido da aula de cálculo é, na verdade, uma perdição que dança praticamente nu em bares gays.

— Por favor... — começa Mark.

Mas não sou o tipo de pessoa que destrói reputações imaculadas. Estou pronta para falar de coisas maiores. Então, o interrompo e digo:

— Achei a apresentação excelente. Quando você for embora daqui, tenho certeza de que todos os caras disponíveis vão ter te dado o número de telefone.

Ryan aparece ao nosso lado.

— É culpa minha — admite ele. — Eu meio que o coagi a fazer aquilo.

— Meu Deus, vocês dois — digo. — Ânimo! Eu não vou contar para ninguém. Mas, Mark, escute, tá? Porque vou perguntar uma coisa, e, como falei, é uma pergunta séria.

O pânico de Mark vira alívio. Ele suspira e passa a mão no rosto. Quando me olha de novo, está pronto para ouvir.

— Você quer ser meu amigo? — pergunto.

Ele inclina a cabeça.

— Como?

— Sei que soa infantil e tal. Não é nem a pergunta principal, mas acho que temos de estabelecer uma amizade antes de eu perguntar o que realmente quero perguntar. Eu passei o dia todo, o ano letivo todo, na verdade, percebendo que eu talvez não goste tanto assim de meus amigos. E é por isso que estou em um bar sozinha em uma noite em que todo mundo está acompanhado. Eu não devia estar aqui, mas estou, e aí *você* está aqui, e parece que tem uma flecha piscando e apontando para você, me dizendo que você é uma pessoa que eu devia conhecer.

— Hum — diz Mark.

Ryan murmura alguma coisa sobre invisibilidade, mas não pergunto o que ele quer dizer com isso porque estou concentrada demais no rosto de Mark.

— Acho que sim — responde ele. — Quero dizer, se você quiser.

— Tá, tudo bem. Agora, vamos para a pergunta real: você já quis tanto uma coisa que isso meio que toma toda a sua vida? Tipo, você continua fazendo tudo que tem de fazer, mas só está seguindo o fluxo porque está totalmente consumido por essa coisa?

O rubor que estava começando a sumir volta rápido ao seu rosto, ainda mais forte que antes, e os olhos se desviam para Ryan e se afastam rapidamente. *Interessante.*

Mark assente e olha bem no meu rosto enquanto isso, eu olho para ele com intensidade, e fica claro: nós nos entendemos.

— Eu acabei de fugir de uma garota que ainda não conheço — confesso para ele.

Ele sorri.

— Ela é tão ruim assim?

— Não — respondo. — Ela parece ser incrível. Pode mudar minha vida.

— E o que aconteceu?

— Só consigo pensar nela, o tempo todo — respondo.

— Sim — diz ele. Ele entende.

— Você já quis tanto uma coisa que, quando ela está prestes a acontecer, sente necessidade de se sabotar?

Seus olhos ficam grudados nos meus, e consigo perceber que ele está tentando me seguir para este lugar, mas só balança a cabeça.

— Não — diz ele. — Acho que não funciono assim.

— Eu também achava que não funcionava assim. Estou esperando esta noite há meses. E aí, eu só... — Eu dou de ombros. Sinto meus olhos lacrimejarem.

— Espere, espere, espere — diz ele. — Não desista. A noite ainda não acabou. Onde você ia encontrá-la?

— Numa festa.

— Tá, e é aqui perto?

— É, é só atravessar o parque e andar alguns quarteirões.

— Alguém tentou falar com você?

Eu dou um gemido.

— Estou com medo de olhar.

— Então me entregue. — Ele espera. Eu tiro o celular da bolsa e o coloco com a tela virada para a larga palma de sua mão.

— Opa — diz ele, com a luz da tela iluminando seu rosto. — Vinte e três mensagens de texto de Lehna Morgan.

— Continue.

— Quer que eu leia todas ou só os pontos importantes?

— Só os pontos importantes.

Ele vai percorrendo a lista.

— São quase todas variações de "Onde você está, porra?". Algumas são "Você está bem?".

— Continue.

— Uma diz: "Violet acabou de chegar". É essa a garota?

Eu faço que sim.

— Tudo bem, espere... Ah.

— O quê?

— Ela saiu. Uns cinco minutos atrás.

— Ela vai voltar?

— Lehna não diz.

Eu olho para minha bebida. Está quase vazia. Só tem uns restos de cubos de gelo.

— Talvez eu devesse pedir outra.

— *Ou* a gente podia tentar encontrá-la.

O rosto de Mark está aberto, esperançoso, um antídoto perfeito para o desespero que lentamente se instala em mim. Estou prestes a perguntar como poderíamos tentar encontrá-la, mas a música fica mais suave e uma voz masculina diz que o vencedor da competição de dança de cueca da meia-noite foi escolhido.

As pessoas gritam, e eu grito junto, torcendo para meu novo amigo, Mark, que não está olhando na direção do barman, e sim observando o salão, com a esperança no rosto agora se misturando com preocupação quando o barman diz:

— Derrotando nosso campeão reinante, Patrick, *Mark* hoje leva a coroa. Mark, você ainda está aí? Traga essa bundinha americana sexy aqui para cima e pegue seu prêmio.

A música fica alta de novo, e todo mundo começa a dançar.

— Você não vai lá? — pergunto. — O prêmio pode ser uma coisa boa. Tipo, pirulitos com formato de pênis, camisinhas nas cores do arco-íris...

Mas Mark não ri. Ele não se mexe. Então, me viro para onde ele está olhando e vejo Ryan, que agora está do outro lado do salão. Ele está com alguns universitários bonitos, um com óculos pretos de aros grossos, outro de gorro de esqui e outro de quem só consigo ver as costas, com tatuagens aparecendo embaixo das mangas, uma das mãos segurando um copo de cerveja, a outra na curva das costas de Ryan. Uma música vira outra, e o Garoto da Tatuagem e os amigos sentem o som. Ele se vira, toma alguns goles de cerveja, coloca o copo em uma mesa próxima e começa a se mexer com o ritmo.

Devo ter monopolizado Mark por tempo demais. Aqui está ele, na cidade, na abertura da semana mais gay do ano, vencendo concursos de cueca, o objeto de vários olhares de desejo, e eu o encurralei no canto com minha crise.

— Você devia ir até lá — digo, mas Mark parece não me ouvir. O desespero que mencionei que estava sentindo? Parece que virou contagioso e tomou o corpo todo de Mark. Seus ombros estão caídos; a respiração parece pesada.

— O que foi? —pergunto a ele. — O que aconteceu?

— É Ryan — responde ele, tão baixo que quase não consigo ouvir. — Ele está dançando.

3

Alguém me puxa para o bar. O barman me entrega um envelope com 57 notas de um e um vale para um serviço de lavagem a seco. Ryan nem olha. Katie sim. Muitos outros caras também. Mas Ryan está na pista de dança, apoiado em um cara com os braços tatuados de palavras que não consigo ler.

Ele não está fazendo para me magoar. Preciso acreditar nisso. Está fazendo para ficar feliz. O que, por acaso, me magoa.

Pego meu envelope e volto para Katie. Homens botam as mãos no meu ombro, me dão parabéns, usam isso como desculpa para colocar as mãos no meu ombro, para ver se vou parar e sorrir e talvez dar continuidade às coisas a partir disso. Não sou burro. Eu sei disso. Sei que devo querer isso.

Este salão está tão cheio de possibilidades, consigo imaginar Ryan me dizendo.

Tecnicamente, é verdade. Mas a questão das possibilidades é a seguinte: tem algumas que você quer bem mais que outras. Ou apenas uma que quer mais que todo o resto.

— O que você ganhou? — pergunta Katie, quando chego até ela. Eu mostro. Ela fica decepcionada.

— Será que você devia levar as notas para uma lavagem a seco? — pergunta ela. — Só Deus sabe por onde passaram.

Reparo que a tinturaria se chama Tinturaria Orgulho. Algumas piadas surgem na minha cabeça (*Consigo imaginar que manchas eles são bons em tirar* e *são especialistas em arco-íris*), mas todas as piadas saem com a voz de Ryan, não com a minha.

A pista de dança está ficando mais cheia. Não consigo enxergá-lo.

— Espero que você não se importe se eu perguntar — começa Katie —, mas vocês dois estão... juntos? Porque, se estiverem, aquilo ali é definitivamente traição.

— Não, não estamos — respondo para ela. E então penso: *Que se foda.* — Só que às vezes ficamos.

— Pobre coração — diz ela.

— É — concordo. — Algo assim.

Agora o enxergo. Ele está dançando com os três. Penso em moléculas e em como elas se ligam. Eu provavelmente poderia entrar no meio. Eles não formaram pares.

— Vou até lá? — pergunto.

— Não faço ideia. — Katie observa a situação por um momento. — Acho que, se eu fosse ele, teria de me esforçar muito para não olhar para cá. Ele parece um daqueles garçons superatenciosos durante a refeição, mas que, quando queremos a conta, olha para todos os lados, exceto para o nosso. Entende? Se esse for o caso, eu diria que você não deve ir.

Uma música da Florence começa a tocar. Eu amo Florence. Ryan sabe. Se ele não me procurar durante uma música dela, estou ferrado.

Eu olho para ele.

Ele está começando a cantar. Mas não para mim.

— Ah, cara — digo. O cara tatuado não está cantando. Mas está ouvindo. Está curtindo. Os dois estão curtindo.

E, enquanto estão curtindo, um cara sem camisa se aproxima de mim, sorrindo como se eu o conhecesse.

Tenho um vislumbre do peito, do abdome. Ele parece alguém que já se envolveu com pornografia.

— Eu conheço você? — grito acima da música.

— Não, mas não quer conhecer? — pergunta ele.

— É sério? — diz Katie.

Mas Johnny Sem Camisa não está prestando atenção nela. Está concentrado em mim. Muito. Intensamente.

— O que você está fazendo? — pergunta ele, mais a fim de conversa agora.

Onde está sua camisa?, sinto vontade de perguntar. Ele veio sem camisa? Tipo, na rua? Ou tem algum guarda-camisas por aqui?

Ele deve ter uns 20 e poucos anos. Pelo menos. E não faz meu tipo.

— Eu estou de saída — respondo. — Me desculpe.

Isso só o faz se aproximar ainda mais. De forma brincalhona. Ao ponto de a calça jeans tocar na minha.

— A gente tem uma garota para procurar — insisto. — Violet. Talvez você, hã, a tenha visto?

Ele pega minha mão e começa a levar para seu bolso de trás.

— Ela está bem aqui — responde ele, sorrindo.

— Não, não, não, não, *não* — interrompe Katie. — *Não* deves usar o nome dela em vão.* — Ele dá um passo para trás e me solta, finalmente a ouvindo. Ela me olha nos olhos. — Pelo que percebo, Mark, você está numa encruzilhada aqui, e tem pelo menos três opções disponíveis. Bem, quatro, porque sempre existe a opção de não escolher nenhuma das opções. Não vou defender nem uma nem outra. Só preciso saber o que fazer.

Johnny Sem Camisa colocou a mão nas minhas costas, levando meu corpo a uma espécie de transe. Mas ainda estou olhando para a pista de dança, ainda estou vendo que Ryan não está olhando. E tem Katie, que parece estar achando menos graça que todo mundo, tirando eu mesma.

— Eu vou com você — anuncio. E me viro para meu pretendente de peito largo e peço desculpas de novo. Dessa vez, ele desiste.

— Uma outra hora — diz ele. — Vou ficar de olho em você.

Quando ele se afasta, dou uma longa olhada nas costas perfeitamente esculpidas. Meu corpo todo suspira.

— Tem certeza de que quer ir embora? — pergunta Katie.

— Tenho — respondo. — Tenho certeza.

— Mas... por quê? Você é o dono do pedaço agora.

Olho em seus olhos.

— Porque somos amigos. Dã.

Isso basta para ela. E basta para mim também.

Começamos a nos movimentar para sair, mas ainda sinto o tolo impulso da obrigação, um sentimento estranho de que estou abandonando Ryan. Estávamos juntos nesta noite, e, mesmo que ele esteja dançando com outra pessoa, não posso ir embora sem me despedir. Mas também não posso ir até ele.

Mando uma mensagem. Digo que vou ajudar Katie com uma coisa e que é para ele me enviar uma mensagem quando quiser voltar para casa, e eu venho me encontrar com ele.

Aperto *enviar*. Imagino o celular vibrando em sua coxa, apitando. Mas o som não pode competir com a música, não pode competir com a dança nem com o garoto para quem Ryan agora sorri, com o corpo bem próximo.

— Tenho de ir — digo para Katie. — Tipo, agora. Eu tenho de ir.

A rua parece quase tão cheia quanto a boate. A Semana do Orgulho Gay está só começando, mas ninguém vai se controlar na segunda, nem na terça, nem em nenhum outro dia.

— Onde você tinha de se encontrar com ela? — pergunto. — É por lá que devíamos começar.

Katie para de andar.

— Eu sei... mas e se ela estiver lá?

— Não é esse o objetivo?

— É. Mas...

— Mas o quê?

— Eu não quero só *esbarrar* nela. Preciso estar preparada.

— Você sabe como ela é?

Pela expressão de reprovação, está claro que ela *decorou* a aparência de Violet.

— Tudo bem. Vamos agir com cautela. Fique de olhos abertos. Se você a vir, fazemos uma pausa. Vamos pensar direito. Pensar no que fazer a partir daí.

— Mas e se ela não estiver lá?

— Nesse caso, vamos seguir as pistas, minha querida Watson.

— Tudo bem. — Ela respira fundo. — Vamos lá.

Mas ela não se mexe.

— Você precisa ir na frente — lembro a ela.

— Ah, é — concorda ela.

Ela continua sem se mexer.

Eu não digo nada. Espero. Ela fecha os olhos por um segundo, diz alguma coisa para si mesma. E saímos andando. Estamos no meio da multidão de novo.

Espero ser arrastado para uma boate com nome felino, onde mulheres de cabelos curtos se apoiam laconicamente umas nas outras com poses do Brooklyn enquanto falam sobre amor e comparam tatuagens de flores. Todas as lésbicas que conheço são, de alguma forma, mais inteligentes que eu, ou pelo menos parecem conhecer um pouco mais do mundo. Também costumam ler muito.

Mas essa festa não é em uma boate, é em uma casa onde parece que a Corretora Sally poderia morar. As pessoas reunidas do lado de fora estão tão bêbadas quanto todo mundo; me pergunto por que não imagino lésbicas ficando bêbadas, como se elas fossem inteligentes demais ou descoladas demais para isso. Tem um cara inclinado na janela, gritando:

— Eu amo vocês! Amo todos vocês! — Ele não está olhando para mim nem para Katie quando diz isso.

— Amigo seu? — pergunto.

— Não — responde Katie. — Mas elas são. — Ela aponta para duas garotas sentadas no meio-fio. Uma está fumando, a outra, aspirando a fumaça.

Nós andamos até elas. Assim que a veem, dão um pulo e soltam uma avalanche compartilhada de frases.

— Onde você...

— ... estava?

— Lehna está procurando...

— ... você por toda...

— ... parte. Ela está...

— ... *tão puta da vida.*

— Por que você...

— Onde você...

— ... *foi?*

Elas param por um segundo e finalmente reparam em mim ali do lado.

— Mark — diz Katie —, estas são June e Umma. June e Umma, este é Mark. Ele também estuda na nossa escola.

— Isso não está me cheirando bem — diz June.

— Não, isso não está cheirando bem mesmo — concorda Umma.

Katie fica bem vermelha.

— Nãããããããããããããão. Eu não saí para ver Mark. Só encontrei Mark no caminho.

— Bem, vocês se desencontraram — diz Umma

— É mesmo — acrescenta June.

— Mas para onde ela foi? — pergunto.

— Por que você quer saber? — pergunta June.

— Por que ele quer saber? — Umma pergunta para Katie.

Sinto o celular vibrar no bolso. Mensagem de texto.

— Com licença um momento — peço.

Torço para que seja de Ryan. Espero que seja de Ryan.

Mas é de minha mãe.

Onde você está?

Isso não é bom.

Eu poderia mentir. Quero mentir. Mas ela não estaria perguntando se já não soubesse a resposta. Uma mentira só vai piorar tudo.

Estou na cidade.

A resposta só demora cinco segundos. Ela usa o celular melhor do que eu uso o meu.

Por que você está na cidade? Ryan está com você?

Dessa vez, pego uma nova verdade emprestada para substituir a verdade original.

Minha amiga Katie precisava de mim. Explico amanhã.

E minto descaradamente.

E, sim, Ryan está comigo.

Isso não tranquiliza minha mãe. Ela digita:

Se você não pegar o próximo trem para casa, seu pai vai te buscar.

Mando rapidamente uma mensagem para Ryan.

Nossas mães descobriram nosso subterfúgio. Em outras palavras, estamos fodidos. Precisamos voltar agora. Vem me encontrar?

Espero que ele responda imediatamente. Mas ele não responde. Ainda deve estar dançando.

Eu me viro para Katie e estou prestes a dizer a ela que preciso ir. Mas, antes que eu possa dizer qualquer coisa, uma furiosa garota viking se aproxima de nós como louca e suga todo o ar no raio de dez quarteirões, só para encher os pulmões e gritar um enorme "*VOCÊ ESTÁ BEM?*" na direção de Katie.

Katie se prepara para responder, mas, antes que consiga, a viking continua:

— Você foi sequestrada? Atraída por um estranho oferecendo doces? Ou viu um gato em uma árvore e achou que tinha de salvá-lo? Havia uma senhora atravessando a rua e você precisou ajudar? Não, espere... já sei. Você soube de um show secreto do Sleater-Kinney em uma estação abandonada do BART, mas não podia contar a ninguém, nem para sua melhor amiga. Só pode ser isso. Porque, se você não estiver fisicamente ferida e se não estava em um show secreto ou *salvando a vida de alguém*, por que sairia daqui *sem dizer nada* e depois não responderia quando ligo e mando mensagens *mil vezes*?

— Lehna — Katie tenta dizer —, eu só...

Lehna levanta a mão e interrompe a desculpa.

— Ela estava aqui, Katie. Estava tão animada para te conhecer. Trouxe uma flor para você, caramba. E nós fomos de cômodo em cômodo, procurando. Olhamos até nos armários porque, não é engraçado, hahaha, *talvez ela esteja no armário*. Ela me viu ligando e mandando mensagens. Eu disse que você só podia estar em algum lugar por aqui. Falei que você não teria ido embora porque estava superanimada para conhecê-la. Ela acreditou em mim no começo. Mas, depois de um tempo, até eu comecei a deixar de acreditar. Por que, quer saber? Foi a mesma coisa que bater uma porta na cara dela. Se você queria estragar tanto suas chances, por que não bateu uma porta na cara de Violet?

Com a mais baixa e triste voz que consigo imaginar, Katie diz:

— Ela trouxe uma flor para mim?

Espero que uma das outras amigas dê um tapinha nas costas dela, que diga que vai ficar tudo bem. Como nenhuma faz isso, quem faz sou eu.

Ela está respirando fundo, como se estivesse chorando, mas sem as lágrimas. Como se de repente tudo fosse demais para ela.

— Ela não pode ter ido muito longe — digo. E olho para Lehna. — Para onde ela foi?

— Quem é você, *porra*?

— Sou Mark. Por que você está com tanta raiva, *porra*?

— Estou com raiva porque, depois de meses de planejamento, depois de elaborar uma história brilhante e de gastar mais energia com esse relacionamento que já gastei com qualquer um dos meus, minha melhor amiga decidiu amarelar. Apesar de ter jurado que não ia fazer isso. Apesar de ter feito parecer que ia até o fim pela primeira vez na vida. Minha prima maravilhosa estava disposta a aguentar a música house horrível de Shelbie e a cerveja pior ainda para conhecer essa garota sobre quem falei tantas coisas boas. Estou com raiva porque isso não precisava acontecer, mas aconteceu mesmo assim. Me sinto uma idiota por achar que poderia ter sido diferente. E me sinto ainda mais idiota por fazer Violet ficar tão empolgada e por ter de dizer: Me desculpe, no fim das contas, não vai rolar. Eu perguntaria se isso faz sentido pra você, mauricinho, mas estou *cagando* se faz sentido pra você ou não.

— Pare — diz Katie. — Pare, agora. O erro foi meu. Não dele.

— Então você ao menos admite que foi um erro?

— Que importância tem isso, Lehna? Falando sério?

Katie não parece tão irritada. Só cansada. Minha mão continua em suas costas. Ela está meio apoiada nela.

Meu celular vibra de novo, ainda na minha outra mão.

— Me desculpe — digo, olhando para a tela.

Minha mãe.

Me diga que está a caminho da estação.

Katie me olha com curiosidade.

— Meu álibi foi por água abaixo, e minha mãe me quer no próximo trem — explico.

— Eu levo você de carro — oferece ela.

— Você vai *levar ele*? — pergunta Lehna, irritada.

Tenho carona para casa, digito. E olho minhas mensagens. Nada de Ryan ainda.

Katie se afasta de minha mão. Vai na direção de June e Umma.

— Desculpe por ter saído sem avisar — pede ela. — Eu não estava pronta. Queria tanto, mas não estava pronta.

June parece que vai dizer alguma coisa, mas Umma aperta sua mão e faz um gesto com a cabeça na direção de Lehna.

— Você nunca vai estar pronta — diz Lehna, com a voz um pouco mais afetuosa. — Você não vê? Você tem de esquecer essa história de pronta. Se não esquecer, sempre vai fugir.

Quase sinto como se Ryan estivesse aqui, me dando sermão. Mas meu problema nunca foi fugir. Meu problema sempre foi ficar no mesmo lugar.

— Para onde ela foi? — Katie pergunta a Lehna. — Me diga.

Lehna balança a cabeça.

— Hoje, não. Agora, não. É tarde demais.

Meu celular começa a se manifestar de novo. Quando vejo que não é Ryan, ignoro.

— Voltei para vê-la — diz Katie. — Você não percebe? Eu não estaria aqui se não estivesse pronta para vê-la. Ainda estou com medo, mas não com medo *demais*.

Lehna oferece a mão, e penso por um segundo que acabou, que Katie a convenceu. Mas ela diz:

— Deixe isso por hoje. Entre e tome alguma coisa. Shelbie estava perguntando de você, e acho que ela ainda está sóbria o bastante para registrar que você voltou. Além do mais, tem gim.

Katie deixa a mão de Lena no ar.

— Você não vai me dizer onde ela está? Sabe e não vai me dizer?

Lehna recolhe a mão e a limpa na saia.

— Ela partiu pra outra. Ficou decepcionada, mas partiu pra outra. Você devia fazer o mesmo. E podemos ver onde estamos amanhã.

Estou concluindo que, se não vi Katie na boate mais cedo, há uma boa chance de ela não ter ficado lá muito tempo. Então, essa Violet não esperou tanto tempo assim antes de partir pra outra, seja lá o que isso signifique.

Talvez Katie também esteja fazendo a mesma matemática. Ou talvez esteja sentindo o mesmo que eu, cansada desta noite, cansada de tanto drama.

— Acho que está na hora de eu ir para casa — diz ela. — Sei que eu trouxe vocês e não quero deixá-las sem ter como voltar para casa. Mas quero muito ir embora agora.

June e Umma encaram Lehna para ver no que isso vai dar.

Lehna não decepciona.

— Pare com isso, Katie...

— *Kate*.

— Tudo bem, *Katherine*, não seja assim. Não nos castigue pelo que você fez. A noite ainda é uma criança, e minha mãe, tenho certeza, está tão apagada pelos comprimidos para dormir que não ouve ninguém ir e vir. Podemos chegar em casa às quatro da manhã, e ninguém vai reparar. Não estrague nossa noite só porque você estragou a sua.

Katie tira a chave do bolso e a balança no ar.

— Vocês vêm? — pergunta a June e Umma.

June olha para Umma. Umma olha para Lehna e balança a cabeça.

— A gente encontra outra pessoa para nos levar — responde Lehna. — Ou pega um táxi. Tanto faz. Não vamos agora. Candace está aqui, e nem comecei a flertar com ela ainda. E o irmão de Shelbie canta superbem.

Katie joga a chave no ar e a pega.

— Tudo bem — diz ela. Mas o tremor na voz mostra que não está tudo bem. Ela tentou blefar com Lehna, mas agora é ela quem está caindo do penhasco.

— Eu agradeço — digo para ela. — Você me levar em casa.

— Isso — diz ela, me olhando nos olhos, tentando encontrar alguma coisa de que precisa, mas não sei bem o quê. — Vamos para sua casa. — Ela se vira para as amigas. — Falo com vocês amanhã. Ou vejo vocês na segunda. O que for.

Meu celular me lembra que tem mensagens. Quando Katie e eu estamos nos afastando, eu as leio.

Da minha mãe:

Quem vai trazer você?

E de Ryan:

Acho que vou ficar por minha conta hoje. Bem, não exatamente por minha conta. — *Divirta-se, meu amigo.*

Eu paro no mesmo lugar. Quero desistir do universo. Eu mostro a tela para Katie.

— Babaca — diz ela. — Tão babaca.

E o mais patético é: sinto vontade de defendê-lo. Sinto vontade de dizer que desta vez não é ironia. Ele quer *mesmo* que eu me divirta.

Porque ele está se divertindo. Em algum lugar. Com alguém. E quer que eu me divirta também. Quer mesmo.

Andamos alguns quarteirões, para longe o bastante dos sons da festa. Então, fico um pouco surpreso em ouvir passos na calçada atrás de nós. Katie e eu nos viramos para ver quem está se aproximando.

— June? — diz Katie.

June está meio sem fôlego e falando rápido demais no começo.

— Tenhoquasecertezadequeelafoiparaopier.

— O quê? — pergunta Katie.

June respira fundo. Coloca a mão no braço de Katie.

— Os leões marinhos — diz ela. — Ela disse que jamais tinha visto os leões marinhos. Então, acho que estão levando ela para ver.

Kate

4

Uma tulipa, uma dália, uma frésia, uma rosa.

Não consigo nem pensar no que acabou de acontecer, então estou pensando em flores. Em qual delas uma garota como Violet escolheria para uma garota como eu.

— É claro que vamos — diz Mark. — Nem fica tão fora do caminho. É até a ponte e um pouco depois.

— Trinta e nove píeres depois — digo.

— Mesmo assim — assegura ele. — Você precisa fazer isso. Tem uma pessoa que você acha que pode amar, que acha que pode amar você também. Que tipo de amigo eu seria se não fizesse você correr atrás disso?

Eu ainda não estou pronta. Principalmente agora, depois que fiz besteira, fechei uma porta, compliquei tanto que nosso encontro vai começar com um pedido de desculpas em vez de um oi.

Mas Lehna estava certa quando me disse que tenho de partir pra outra sem pensar. Até eu consigo ver. Tem tantas pessoas no mundo que não têm sorte no amor. Posso ser uma delas, mas isso ainda não foi determinado. E se Violet for exatamente quem eu quero que ela seja? Ou se ela for diferente, inesperada, de uma forma ainda melhor?

E se ela puder mesmo mudar minha vida?

Seria um crime contra o amor não aproveitar essa chance, então faço para June um gesto silencioso em agradecimento e sigo na direção da ponte. Mark solta um gritinho quando passamos por ela, como se eu tivesse feito uma jogada incrível em um de seus jogos de beisebol.

Uma margarida, uma zínia, um lilás, um áster.

Enquanto listo as flores em pensamento, vejo uma nova série de quadros. Flores individuais com fundos azul-cobalto. Se eu as pintar direito, vão parecer mais que flores bonitas. Vão parecer possibilidades de amor.

A Embarcadero ainda está escura e imóvel. Pela primeira vez, é fácil achar uma vaga.

Desligo o motor e descemos do carro. Consigo ouvir os leões marinhos, nada além disso. O silêncio me abala, porque eu esperava encontrar o píer lotado de turistas carregando suvenires, as barrigas cheias de *clam chowder* e pão *sourdough*.

Mas está tarde, e tudo está fechado. Mark deve ter sentido minha preocupação, porque diz:

— Ela não veio fazer compras. Veio ver os leões marinhos. Vamos andar até o mar.

A cada passo, sinto um pouco de esperança escapar.

— Como ela é? — pergunta Mark, como se houvesse alguém ali para descrevê-la.

Eu o acompanho.

— Ela tem cabelo escuro e curto. Nas fotos que vi, costuma cair nos olhos. De um jeito perfeito.

Ele sorri.

— E ela tem maçãs do rosto lindas e uma pequena cicatriz ao lado do olho, de um acidente no circo.

— De *quê*?

Eu dou uma gargalhada. Sinto como se ele já devesse saber tudo; esqueci que mal me conhece.

Então, conto tudo sobre ela e tenho a sensação de estar contando sobre mim, porque, quando se pensa em uma coisa tão intensamente por tanto tempo, essa coisa acaba tomando conta de todo o resto. Eu conto para ele sobre o circo e sobre Mathilde, sobre as palavras que Violet usa nas cartas que escreve. Conto sobre uma foto para a qual fiquei horas olhando, dela na frente de uma tenda de circo desabada, com tinta dourada no rosto e pulseiras no braço, a mão no cabelo desgrenhado, a curva da clavícula linda de doer. Fico contando tudo para ele até chegarmos ao final do píer e os últimos fragmentos de esperança desaparecerem.

Fico falando para não chorar.

Mas já falei tudo que sei sobre ela.

Nós nos sentamos em um banco com vista para os leões marinhos, dormindo amontoados, a baía de um lado, a cidade com os prédios vazios e altos do outro. Todas as fotos dela, todas as histórias, todos os fatos ficam girando sem parar em minha cabeça, mas eu o poupo de uma segunda rodada de monólogo. Olho na direção da baía, mas só vejo aquela foto de Violet. A tenda está voando ao vento, no tom vermelho mais intenso. Ela está olhando diretamente para mim, imaginando o que vou fazer em seguida.

Mark e eu devemos estar destinados um ao outro, porque que amizade de duas horas aguenta um silêncio tão profundo? Um tempo depois, o celular dele vibra.

— Sua mãe de novo? — pergunto.

Ele faz uma careta.

— A gente pode ir.

— Vou tentar pegar o último trem. Pode ser que você ainda consiga encontrá-la.

— Não — digo. — A gente devia me poupar das próximas chances de me decepcionar comigo mesma.

Ele assente, se inclina para a frente e apoia a cabeça nas mãos.

— Tenho certeza de que você não está *tão* encrencado assim — afirmo.

— Não é isso.

— Ah — digo. — Certo.

— Fico vendo Ryan com aqueles caras. Fico imaginando o que está fazendo. Com quem está fazendo. E, até onde ele sabe, eu já devo estar em casa agora. Não consigo acreditar que nem mandou uma mensagem para saber que tipo de castigo hediondo minha mãe está me impondo.

— Bem, se serve de consolo, o Garoto da Tatuagem não chega a seus pés. Praticamente todos os caras daquele bar eram da mesma opinião que eu.

— Infelizmente, só uma opinião me importa no momento. — Ele olha para mim. — Me desculpe.

— Não, eu entendo — digo. — E o que vai acontecer agora? Ele vai ligar amanhã e contar tudo, e você vai ter de agir como se estivesse feliz por ele? Ou vai ligar para você e falar do tempo e dos planos para o periódico literário do próximo ano?

— Nem sei. Isso é território inexplorado para nós. — Ele olha para a água, para a ponte acima. — Mas e se ele quiser compartilhar histórias? E se me contar sobre a noite incrível que teve com os universitários, e sobre as festas universitárias hipster que visitou depois do bar, onde beberam cerveja em potes de conserva e bancaram os DJs? Aí, ele vai me perguntar o que eu fiz, e vou dizer que estraguei sua noite e fiz você me levar para casa e ouvi sermão de minha mãe antes de dormir.

— Que deprimente — respondo.

Penso numa história similar. Lehna e June e Umma me contando sobre a festa incrível e para onde foram depois.

Já tem um tempo que eu e Lehna estamos passando por momentos de turbulência disfarçada: a forma como eu questiono nossa amizade, as pequenas coisas que faço para irritá-la. Mas o que acabou de acontecer foi totalmente explícito, e não estamos acostumadas com isso. O número de brigas de verdade que tivemos antes desta noite é um zero bem redondinho. Sempre tomei como certo que um dia seríamos velhas implicantes, tomando chá gelado em uma varanda qualquer, nos gabando dos netos. Eu acharia o meu mais bonito que o dela, e ela ainda pareceria temperamental toda vez que dissesse meu nome.

O que aconteceu entre nós foi sério, e o fato de eu ter ido embora torna tudo muito pior. Elas contam comigo sempre. Nunca sou a difícil que veta a escolha de restaurante ou não quer ir ao cinema porque já viu o filme. Sempre tem alguma coisa de que se gosta no cardápio, um novo significado a absorver de um filme. Talvez o fato de eu ser fácil seja o motivo de elas serem minhas amigas. Agora que eu as decepcionei, elas provavelmente vão pegar carona com alguém que vai se tornar a melhor amiga de Lehna. Vai ser uma garota destemida em quem Lehna jamais terá de dar sermão, que nunca vai decepcioná-la.

— Tudo bem — digo. — É deprimente *e* é inaceitável. Nós vamos para casa, mas também vamos nos divertir loucamente.

— Como?

— Vamos inventar uma história excelente para contar.

Ele ri.

— Que tipo de história?

— Bem, sabemos como é a festa de Shelbie. E temos uma ideia bem clara do que Ryan está fazendo. Só precisamos fazer melhor. Um pode confirmar a história do outro.

Ele me lança um olhar de dúvida, mas consigo ver que está pensando no assunto.

— Tudo bem — concorda ele. — Que se foda. A essa altura, eu faria qualquer coisa para evitar mais uma humilhação.

— A gente precisa inventar uma história que seja o sonho deles e encher de detalhes — argumento. — Tipo, Lehna ama seus contatos em São Francisco. Gosta do status, o fato de Shelbie morar em uma casa vitoriana perto do Dolores Park. Que estuda em uma escola particular e passa o verão na França. Como se Lehna ficasse mais sofisticada por associação. Então, a gente devia bolar uma coisa cheia de estilo. Como uma festa em uma mansão em Pacific Heights.

— Uau! — Mark ri. — A gente vai mesmo fazer isso. Tá, preciso pensar.

Nós nos levantamos e seguimos pelos restaurantes turísticos escuros e pelos quiosques de suvenires, com as portas rolantes de metal fechadas até o dia seguinte.

— Ryan adora arte — diz Mark. E apesar de provavelmente estar furioso, ele fala com sinceridade, como se tivesse apenas me contando sobre o garoto que ama em vez de planejando uma mentira para deixá-lo com ciúmes. — Quero dizer, de *Arte*. Então, se essa festa pudesse incluir artistas e escritores e pessoas assim, ele acharia que perdeu coisas muito boas.

— Perfeito. Então fomos a uma festa do Orgulho Gay em uma mansão de um casal de artistas super-ricos. E eles tinham um saguão cheio de esculturas tão obscuras que era quase impossível olhar para elas. Mas o próprio escultor era convidado da festa e explicou todas para nós, e agora entendemos tudo que há para se entender sobre arte.

Em todos os minutos que passamos ali, não houve sinal de outra pessoa. Estou começando a me perguntar se Violet veio mesmo. Talvez tenha se desviado para fazer coisa melhor, ou tenha ido ver os leões marinhos em um píer diferente, apesar de esse ser o mais famoso.

De repente, Mark diz:

— Ah, porra.

— O quê?

Ele parou de andar e está olhando para algo em um banco onde o píer termina e a calçada começa.

Parece uma flor.

Lentamente, nos aproximamos, lado a lado.

Uma rosa.

Claro.

Bem vermelha. Como a tenda do circo na foto, como o batom que me mandaram retocar para ela. Eu estico a mão e a pego entre dois dedos. Ela tirou todos os espinhos. Eu poderia apertar com a mão fechada se quisesse.

— O que isso quer dizer? — sussurro. — Ela deixar isso aqui? Estava a jogando fora?

— É possível — sussurra Mark. — Mas talvez, não. Talvez tenha sido um ato de esperança, como quando você faz um desejo e o solta no mundo.

— Você espera que volte para você — comento.

— É.

— Se ela quisesse jogá-la fora, teria a colocado no lixo ou jogado no chão, não deixado aqui, onde ninguém pisaria nela.

Eu falo com uma certeza que gostaria de sentir, mas, quando falo as palavras, elas fazem sentido. Então, seguro com força o caule sem espinhos da rosa. Entramos no Jeep, e eu a coloco no colo, porque sou uma motorista cautelosa que mantém as duas mãos no volante, mas quero deixar essa flor perto de mim. Sinto que me separar dela vai dar azar.

E agora, estamos na entrada da ponte, deixando oficialmente a cidade. Diferentemente do caminho de vinda, nada no fato de estar na ponte me anima. Não tem nada de lindo nela. Estamos na pista inferior, cercados por ninguém porque é apenas meia-noite, e nenhuma festa respeitável estaria perto de terminar. Fico pensando: *Como não a encontramos?*

— Mas como fomos parar nessa festa? — pergunta Mark, me trazendo de volta ao nosso plano. — Talvez algum contato seu relacionado à pintura? Tipo, você já teve algum professor de arte *cool* ou coisa do tipo?

Balanço a cabeça. É verdade: como Mark e eu acabaríamos numa festa assim? Foi uma má ideia. Ninguém vai acreditar, e, quanto mais planejamos, mais viajamos, mais longe ficamos da cidade, de Ryan, de Violet, de todas as minhas amigas que podem nem ser mais minhas amigas, da corrente elétrica da noite e da possibilidade da minha vida mudar.

— Na verdade — diz Mark —, eu sei muito bem como poderíamos ter ido parar numa festa assim.

Ele tira um cartão de visitas da carteira e me conta sobre o fotógrafo mundialmente famoso que perguntou se ele era modelo, e também *tirou sua foto* e entregou o cartão.

— Como é que essa não foi a primeira coisa que você me contou hoje?

— Tudo estava tão confuso — justifica ele. — E, sabe, eu estava meio preocupado. Mas eu podia mandar uma mensagem para esse cara e descobrir se ele está mesmo em uma festa, porque seria péssimo se o usássemos como desculpa e Ryan o tivesse visto em outro lugar.

— É — digo. — Boa.

Mark manda a mensagem mais longa do mundo para o cara, se reapresentando, fornecendo características específicas para ele poder lembrar caso tenha tirado fotos de vários outros possíveis modelos, dizendo que a noite está parada e perguntando se tem alguma coisa legal rolando.

— Se ele responder, vou dizer que vamos tentar ir até ele. Depois, posso dizer que não deu.

— Bom plano — digo, mas, quando falo, corto duas pistas e reduzo a velocidade para pegar a saída estreita e a curva para Treasure Island.

— Aonde estamos indo? — pergunta Mark, e a verdade é que não sei. Mas não é para casa. Ainda não. Quando paro no acostamento, a animação está oficialmente de volta. A cidade brilha tão perto, bem na nossa frente. Quase consigo ouvir as vozes de centenas de milhares de pessoas comemorando.

— Me passe o telefone — peço.

Ele não pergunta por quê; só me entrega o aparelho.

Busco as ligações recentes e clico em *Casa*.

— Qual é o nome de sua mãe?

— Becca — responde ele. — Mas, para ser sincero, não acho...

— Becca! — digo para a voz que atende. — Aqui é Kate Cleary. Sou formanda da turma de cálculo de Mark e, por acaso, também sou a responsável por ele esta noite. Estou ligando para informá-la de nossos planos.

— Você é a pessoa que devia estar trazendo Mark para casa agora? — pergunta Becca. Sua voz é muito familiar, apesar de eu nunca a ter ouvido. É o tipo de voz severa e gentil de uma mãe de televisão. Eu ainda não a conheço, mas também a *conheço*. E então, continuo.

— Sim — respondo. — E, na verdade, estamos no carro agora e vamos continuar no caminho de casa se você realmente quiser isso. Mas preciso dizer que a noite é uma criança, Becca, e nós somos jovens.

— Você está no viva-voz?

— Só um segundo. Agora, sim.

— Oi, mãe.

— Mark?

— É, mãe.

— Você lembra que seu preparatório para o SAT começa amanhã, né?

— Sim, lembro.

— Quero que você aproveite ao máximo.

— Sim, vou aproveitar.

— Kate, como você foi no SAT?

— Fui bem.

— Onde você vai fazer faculdade?

— UCLA.

— Ah — diz ela. — Uau! E *que* aula você faz com Mark?

— Cálculo. Entrei no curso de artes. Havia avaliação de portfólio, então as notas no SAT não tinham tanta importância. Mas foram notas boas, bem decentes.

— Quem sabe você possa ajudar Mark no verão.

— Mãe.

— Com testes de vocabulário, talvez?

— Eu adoraria — respondo.

— *Mãe* — diz Mark.

Becca suspira.

— O que você acha? — pergunto. — A gente nem tem planos. Só estamos curtindo a energia do lugar. Este ano está muito animado. Tem alguma chance de conseguirmos um prolongamento de prazo? *Algumas* horas?

— Normalmente, eu diria não. Já está tarde, e você *saiu escondido*, Mark.

— Você saiu escondido? — Eu balanço a cabeça para ele, fingindo decepção.

— Desculpe — diz ele para o telefone. — Você sabe. Desespero? Sei lá?

— Espere — pede ela. — Onde está Ryan?

— Ele, hã... — Mark busca uma resposta, e não quero que fique ainda mais encrencado por encobrir o às vezes namorado secreto, outras vezes melhor amigo destruidor de coração. Mas a decisão é dele, não minha.

— Ele está dormindo no banco de trás — responde ele. — Estamos só eu e Kate acordados agora.

— Tudo bem. Pode ficar mais um pouco. Mas *só* se vocês ficarem juntos.

— Eu estou dirigindo — lembro a ela. — Ele vai ter de ficar comigo.

— Duas horas a partir de agora no máximo. E ponto final.

O queixo de Mark cai.

— Legal. Valeu mesmo, Becca!

— Tudo bem, Kate. Venha aqui em casa um dia desses para podermos nos conhecer. Mark, se divirta e tome cuidado. Amo você.

Nós desligamos, e Mark diz:

— Mais duas horas? Você é minha fada madrinha? Esse Jeep é uma abóbora? Eu nem sabia que minha mãe era capaz de estabelecer esse tipo de horário limite. Eu nem sabia que ela sabia que essa hora existia. Tipo, talvez soubesse teoricamente, mas eu não achava que saberia por experiência, tipo de olhar um relógio e ver que era *tão tarde* e ela ainda estava acordada.

— Não subestime sua mãe.

Nós dois olhamos para a cidade. Tantas luzes, tanta escuridão. Eu toco em uma das pétalas de rosa. Violet está ali, em algum lugar.

— Então — diz Mark —, tenho certeza de que você é minha babá.

— É. Eu não ia falar nada, mas foi essa a impressão que tive.

— Isso é meio louco. Valeu, mãe. Valeu mesmo.

— Bem. Foi desespero, eu acho.

— E agora? — pergunta ele, e na mesma hora o celular se ilumina.

— É o fotógrafo?

Ele assente.

— Ele está na festa de um amigo em Russian Hill. — Ele se vira para mim e engole em seco, com um sorriso se abrindo no rosto. — E me deu o endereço.

SEGUNDA-FEIRA

5

Demora um dia para se espalhar. Acho que as pessoas estão cansadas, sei lá.

Mas, quando se espalha, se *espalha*.

Na segunda de manhã, parece que todo mundo da escola viu. Ou pelo menos as pessoas que se importam com esse tipo de coisa. E isso inclui Ryan.

O blog de fofoca que todo mundo lê me chama de Garoto It. De alegria da festa.

Isso está aberto a interpretações. Algumas dessas interpretações incluem:

Eu jamais tinha percebido como ele é gato.

Ouvi que ele está usando drogas.

Ele deve estar saindo com aquele fotógrafo.

Ele deve estar dormindo com aquele fotógrafo. Afinal, os dois são gays.

Não dava para adivinhar que um garoto tão quieto fosse tão festeiro.

Pena ele não ser hétero. Eu sairia com ELE na hora.

Até eu reconheço que a foto está incrível. Posso dizer isso objetivamente porque não consigo acreditar que seja mesmo eu.

Todo mundo quer saber os detalhes do que aconteceu e do que não aconteceu com o Garoto It e a Estrela da Arte em Ascensão.

Não sei se Ryan encontra o link sozinho ou se alguém o envia para ele, no começo da manhã de segunda, por saber que somos amigos. Mas sei exatamente quando Ryan o vê pela primeira vez, porque, alguns segundos depois, recebo sua mensagem.

Que porra é essa? Acho que tem coisas que você precisa me contar.

Como se ele tivesse me contado alguma coisa sobre seu fim de semana. Como se eu tivesse recebido alguma notícia no domingo.

Nos vemos na escola, respondo.

Mas na escola não é Ryan que procuro, é Katie. É tão estranho pensar que ela estava aqui o tempo todo, andando pelos mesmos corredores de linóleo, sem eu nunca realmente a conhecer. Eu me pergunto se ela é integrante da aliança gay-hétero ou se tem bolsões invisíveis de lésbicas que se reúnem em salas vazias por toda a escola, escondidas do radar de garotos gays absortos demais nos próprios dramas para reparar. Nunca fui a uma reunião da aliança gay-hétero, em parte por não ser uma coisa que eu pudesse fazer com Ryan, e em parte porque eu normalmente tinha treino no mesmo horário.

Acho que Katie e eu formamos nossa própria aliança do arco-íris. Parece algo que eu sempre quis, mas não sabia que queria até ter: uma parceira no crime.

Com toda a maluquice de sábado à noite, nem pensei em pedir seu número de celular e gravar no meu aparelho. Também não sei onde fica o armário dela. Mas quando Sara Smith se aproxima de mim e diz "Vocês dois. Uau, vocês dois", eu sei que não está falando de mim e Ryan. Pergunto se ela viu Katie, e ela aponta vagamente por cima do ombro esquerdo, o que é suficiente para me orientar.

Katie parece estar sentindo o mesmo nível de surpresa que eu, algo que não é choque, é mais uma sensação de surreal.

— Isso é loucura — digo para ela. — O plano era que chegasse a Ryan e Violet. Mas agora todo mundo está envolvido. Mais ou menos.

— Você teve notícias dele?

— Mais ou menos. Você teve dela?

— Não. Só de Lehna. Que está furiosa. Ela me chamou de *ingrata*.

— Ela perguntou o que realmente aconteceu?

Katie faz que não com a cabeça. Nós juramos que só contaríamos o que realmente aconteceu se eles se dessem o trabalho de perguntar.

Estamos apostando no fato de que não vão. E vivendo com a esperança de que vão.

— Posso fazer uma confissão? — pergunto, embora jamais fosse dizer uma coisa dessas se já não soubesse que a resposta seria *sim*.

— Por favor — pede Katie.

— Só gostaria de declarar que queria que você pudesse ficar do meu lado o dia todo, para podermos passar por isso juntos. Seja lá o que aconteça.

Katie me olha com o que me parece um olhar divertido.

— O quê? — pergunto.

— É que você é tão sentimental. Eu jamais teria imaginado.

— Por quê?

— Porque você é do time de beisebol? Porque nós nunca trocamos mais que três palavras até o fim de semana passado? Porque, em geral, sentia uma energia de camaradagem vinda de você sempre que te via nos corredores?

— Você me via nos corredores?

— Está vendo, *esse* é o tipo de comentário que eu esperaria que você fizesse. Uma pequena obra de arte da distração artesanal, entregue com sinceridade.

Ela está dizendo isso, mas não está falando de forma crítica. Acho.

Ela olha minha expressão e ri. Em seguida, me dá um tapinha no braço.

— Não se preocupe. Eu também adoraria que você ficasse por perto hoje. Mas também quero me formar, e isso torna a frequência às aulas obrigatória. Nos vemos na aula de cálculo. Você acha que consegue se livrar dos paparazzi até lá?

— Acho que vou ter de me acostumar com gente tirando foto.

Ela me dá outro tapinha no braço e segue para a primeira aula. Eu me sinto um pouco mais sozinho sem ela, o que é estranho.

Noto algumas pessoas me olhando na aula de espanhol, mas, de um modo geral, parece que as coisas estão voltando ao normal. Mas o segundo tempo é de estudos, e sei que é lá que vou encontrar Ryan. É uma das partes do dia que eu sempre designei como nosso momento; só precisamos dizer para o Sr. Peterson que vamos para a biblioteca, e ele nos deixa sair. Quanto menos alunos tiver para vigiar, mais feliz ele fica. Às vezes, Ryan e eu pedimos permissão ao mesmo tempo, mas em geral um vai primeiro, e depois o outro. Ele não quer que pareça que estamos fugindo juntos. E desde que o resultado final seja nós dois fugindo juntos, nunca me importo.

Não está totalmente fora de questão irmos para a biblioteca. Nós nos sentávamos um em frente ao outro, e a tensão lá fazia tudo, até um lápis rolando do meu lado da mesa até o dele, parecer poderoso e nosso. Outras vezes, saíamos do prédio da escola e andávamos pelo bosque ou pelos campos esportivos. Se tudo estivesse totalmente silencioso, se não houvesse ninguém por perto, eu conseguia fazer com que ele me desse uns beijos. E, quando parávamos de nos beijar, ele sorria e começava a falar de novo, como se nada tivesse acontecido, como se houvesse outras pessoas ao redor, mesmo não havendo. Todo mundo sabia que éramos amigos, então agíamos como amigos. Mas a sensação nunca foi essa, não se eu quisesse ser sincero comigo mesmo. Eu o queria mais que isso. Precisava dele mais que isso.

Quando chego à sala, ele já está com o passe na mão. Pisca para mim e vai para o corredor. Vou até o Sr. Peterson e peço um passe para mim. Ele questiona por que preciso ir para a biblioteca. *Dentre todos os dias, por que você tem de começar a duvidar de mim justo hoje?*, penso. Mas também respondo rapidamente, invento um relatório sobre Sylvia Plath para o qual estou pesquisando. Ele resmunga quando ouve a menção a Sylvia Plath, como se ela fosse uma ex-namorada. Mas me deixa ir.

Ryan está esperando do lado de fora, longe do campo de visão do Sr. Peterson. Ele parece ansioso para me ver. E, apesar de tudo que aconteceu na noite de sábado, essa ansiedade faz todas as minhas esperanças parecerem um pouco mais justificadas.

— Ora, ora, ora — diz ele, sorrindo e balançando a cabeça. — Parece que nós dois tivemos noites memoráveis.

Se ele fosse apenas meu amigo, eu retribuiria o sorriso ao ouvir isso. Ficaria curioso. Tentaria saber tudo.

Mas não quero saber o que ele quer dizer. E não consigo pensar em uma forma de dizer isso.

Pelo caminho que ele toma, sei que estamos indo ao refeitório, não para a biblioteca.

— Taylor me contou... ele disse que, quando viu você dançando no bar daquele jeito, soube que você não teria dificuldade de se meter em confusão. Fiquei meio preocupado quando vi que você não estava mais na boate, mas ele me disse que você ficaria bem. Aí, você sabe como é, ele começou a me beijar, e eu não fiquei mais tão preocupado.

— Taylor era o das tatuagens? — Eu me flagro perguntando.

Ryan assente.

— Era. Algumas davam pra ver. E outras só ficaram aparentes... depois.

Não quero saber o que isso quer dizer. Tenho de saber, mas não quero.

— Mas, puta merda, eu conhecer Taylor não é nada comparado a você na farra na Mansão Facetime. Você sabe quantos de meus autores favoritos andam por lá? Por favor, me diga que Zadie Smith derramou bebida em você.

Eu tento dar meu melhor sorriso de Mona Lisa. Sua pergunta, em minha mente, não configura uma pergunta. Ele não está perguntando para saber de mim. Está perguntando para ouvir uma coisa que refletiria nele.

Agora estamos no refeitório, mas em vez de ir para o lado de fora como costumamos fazer, ele nos guia até uma mesa. Não tem ninguém, só os funcionários preparando o almoço.

— Eu preciso dizer, Taylor foi incrível — revela quando se senta, mas não antes de ter certeza de que nem as moças do refeitório conseguem ouvir. — Prometi a ele que vou às verdadeiras festas da Semana do Orgulho Gay agora que a abertura passou. Então, temos de voltar. É imperativo que a gente volte.

— Tenho certeza de que isso pode ser organizado — digo.

— Eu devo minha vida a você por me dar cobertura. Não sei o que você disse pra sua mãe, mas deu certo, ela não me delatou. Só cheguei em casa às três da tarde do domingo, e eu tinha certeza de que minha mãe estaria esperando na sala com um ímã enorme, e que me obrigaria a vê-la fritar meu celular e meu laptop. Ou que me obrigaria a ler só James Patterson até eu ir para a faculdade. Alguma coisa cruel assim. Mas ela nem estava em casa! Tinha deixado um bilhete: *Espero que você e Mark tenham tido uma ótima noite.* E nós tivemos!

Ele está feliz por mim. Eu lembro a mim mesmo que ele está feliz por mim.

Na primeira vez que aconteceu algo entre nós, eu não esperava. Estávamos no porão da casa dele, jogando videogame, um jogo que era meio corrida e meio combate mortal. Eu estava lhe dando uma surra, e ele não parecia aceitar muito bem. O derramamento de sangue na tela começou a vazar para a sala. Eu empurrava seu veículo para uma vala, e ele me cutucava nas costelas. Eu batia na lateral de seu veículo, e ele usava o corpo para bater no meu. Finalmente, na quinta ou sexta vez que isso aconteceu, eu joguei meu controle no chão e ataquei com tudo. Rindo e cutucando, desviando e empurrando e gritando ameaças hiperbólicas. Antes que eu me desse conta, estávamos rolando no chão, e ele estava em cima de mim, e nós dois ainda estávamos rindo, mas também havia algo de sério em seu olhar. Ele me imobilizou, mas afrouxou um pouco, se acomodou um pouco. E então, era outra coisa. Eu tinha esperado muito tempo, mas jamais imaginei que conseguiria. Eu o beijei primeiro, eu sei que o beijei primeiro, mas não pareceu que eu o estava beijando primeiro, porque eu só estava confirmando o que já tinha visto, o que sabia de repente. Nós nos beijamos, e foi constrangedor depois, constrangedor quando nos sentamos novamente, constrangedor quando nossas mentes tiveram de dar nome ao que fazíamos. Achei que era o fim do mundo, mas não era. Achei que fosse o começo do mundo, mas não era. Era só uma introdução ao mundo intermediário onde passaríamos os dois anos seguintes.

E agora... ele está tão empolgado que sorri largamente por não termos sido pegos, e não quero que ele fique feliz por mim.

Quero que ele fique feliz *comigo*.

Mas não sei como conseguir isso. Nunca soube.

— Juro — continua ele —, eu não tinha ideia do quanto ia ser divertido. Deixar este lugar para trás e experimentar outra coisa. Ou outra *pessoa*, haha. Você sabe como eu sou. Mais que qualquer um, você sabe como eu sou. Por isso, tenho certeza de que consegue apreciar quando digo que você me convenceu cem por cento.

— A quê? — pergunto.

— À aventura! À cidade! Ao *orgulho*, haha.

Eu sei que devia estar perguntando mais sobre sua noite. Mas o melhor que consigo fazer é:

— Então você disse para Taylor que estava na faculdade?

— Não. Eu disse a verdade. Não é estranho? E sabe o que é mais estranho? Ele pulou o jardim de infância, então é só um ano mais velho que eu. Não que ele estivesse procurando alguém do ensino médio. Sinceramente, acho que ele me abordou em parte porque me viu com você e teve certeza de que você devia estar na faculdade para subir no bar daquele jeito. Seu selvagem.

Ele está fazendo brincadeiras, até demonstrando gratidão. Mas a sensação é tão ruim quanto se ele estivesse sendo desagradável.

— Quer saber? — digo para ele. — Eu quase me esqueci. Tenho mesmo de ir à biblioteca. Para fazer um trabalho. Sobre Sylvia Plath.

— Ah, tenho certeza de que lá existe uma *plathora* de material para você. — declara ele. Eu me levanto, mas ele não faz o mesmo.

— Você vem? — pergunto. Quero continuar com ele. Só não quero ficar falando sobre o fim de semana.

— Não — responde ele, pegando o celular. — Vou ficar aqui batendo papo com Taylor. Ele estava me mandando mensagens no primeiro tempo, mas a Sra. Gold é implacável com celulares na aula.

Eu devia deixá-lo em paz. Não devia me importar. Mas importa. Um certo orgulho em mim não me deixa fingir que não.

— Então vocês dois estão juntos agora? — pergunto.

Ele levanta uma sobrancelha.

— Só porque estamos trocando mensagens? Você está com Katie Cleary porque foram a uma festa juntos? O que a gente tem é o que é, e não sei ainda o que é. Só estou tentando chegar ao ponto onde vou ver se consigo descobrir. Até lá, é só flerte.

— E nós? Nós paramos aqui e pronto?

Ele olha para mim, genuinamente intrigado, e diz:

— Paramos o quê?

— Nada — respondo. — Deixe pra lá.

Saio andando antes de dizer qualquer outra coisa. Eu queria que ele ficasse com ciúmes. Mas agora eu fiquei. Com ciúmes e confuso.

Sigo para a biblioteca porque não consigo pensar em outro lugar para ir. Eu queria saber onde Katie estava. Queria que houvesse uma forma de mandar uma mensagem para Ryan que o deixasse tão empolgado quanto ele ficou pela de Taylor.

Dave Hughes, um cara do time, me vê entrar na biblioteca e faz sinal para mim. Eu me pergunto se vai querer saber sobre a festa e a mansão, mas ele só está sendo simpático. Pergunta como foi meu fim de semana. Digo que foi bom. Ele arruma suas coisas para eu poder me sentar. Eu coloco a cabeça na mesa e tento dormir.

— A manhã de segunda-feira de sempre — declara Dave.

Faço que sim para a mesa.

— Vai melhorar — diz ele. Porque é isso que as pessoas dizem.

Já estou mapeando o resto do dia. Normalmente, o almoço seria a próxima parte importante, porque seria a próxima vez que eu veria Ryan. Mas agora não tenho certeza. Penso que não devia almoçar. Eu queria que Katie tivesse o mesmo horário de almoço que eu. Mas vou ter de esperar até o sexto tempo para vê-la.

Espero que ela tenha notícias melhores que as minhas.

Kate

6

Quando éramos crianças, Lehna e eu pintamos um mural em minha garagem. É uma cena de contos de fadas, um pouco Disney demais para meu gosto atual. Tem torres e dragões, e um monte de garotas de cabelo comprido. Tem um príncipe, mas juro que o príncipe é na verdade uma garota disfarçada. Nunca vi um garoto tão delicado. No céu, acima do castelo, está meu nome. Do outro lado, acima de um dos dragões, está o de Lehna. É bem simples. Não tem *e*, não tem *amigas para sempre*. Só isto:

KATIE LEHNA

Agora, quando estou parada na frente de meu armário do colégio, sabendo que Lehna vai aparecer no dela a qualquer momento e que, quando chegar, vamos ter de nos olhar pela primeira vez desde que fui embora ou, pior ainda, *não* vamos nos olhar, penso em todos os detalhes que pintamos. Nos anéis nos dedos das princesas. Nas escamas nos corpos dos dragões. Tantos raios de sol, tantas folhas de grama e tantos pares de sapatinhos que pairam acima do chão porque não queríamos que as cores se misturassem nem borrassem.

Passei boa parte do dia de ontem na garagem, olhando para a pintura. Precisei tirar um monte de caixas e cestos plásticos da frente da parede para poder vê-la direito. Meus pais não tinham ideia do que eu estava fazendo. Ficavam passando pela porta aberta da garagem, fingindo não olhar, talvez torcendo para eu ter assumido a tarefa épica de arrumação, mas acabando por descobrir que eu estava sentada em um cesto de decorações de Natal, olhando para uma parede.

Fiz um intervalo para almoçar. Comi um sanduíche na entrada de casa, no sol.

Por volta das três horas, minha mãe se aproximou, carregando o laptop.

— Tia Gina acabou de ligar. Sua foto está no *Daily Dish*! Não é *de* você, não se empolgue demais, mas você está no fundo.

Ela ficou esticando as mãos com o laptop, tentando me mostrar, mas havia tantas caixas entre nós que ela acabou levantando o computador e apontando. A tela estava no ângulo errado. Eu não conseguia ver nada, muito menos eu mesma.

Eu sorri.

— Legal — falei.

E me virei para o mural, sem saber o que esperava encontrar.

E agora, aqui está Lehna, girando sua combinação ao meu lado.

— Você queria me ver? — pergunta ela, porque, assim como nós duas sabemos que ela tem aula de história no próximo tempo e que isso exige uma ida ao armário, nós também sabemos que tenho voleibol e que não preciso de nada do meu.

Eu faço que sim, mas ela não está olhando.

— E o que você quer dizer?

Minha mente parece vazia.

— Você me viu no *Daily Dish*? — pergunto, sem pretender.

Ela fecha a porta do armário e aperta os olhos para mim.

— Quero dizer, não importa. A foto nem era para ser de mim. Eu nem vi, na verdade; só queria saber...

Ela olha para trás de mim, para o corredor.

— Tenho de ir. A aula começa em dois segundos, e preciso mandar uma mensagem para Candace.

— Candace! — digo. — E o que aconteceu? Não acredito que esqueci.

— Eu acredito — afirma ela.

— Lehna! — protesto. — É sério. A gente não pode superar o que aconteceu? Eu quero saber de Candace.

— Preciso mesmo ir. Posso contar no almoço. A não ser, claro, que você vá almoçar com seu novo melhor amigo.

— Mark não tem almoço no mesmo horário que a gente — explico, e acho que é a resposta errada, porque Lehna balança a cabeça e sai batendo os pés pelo corredor, com uma determinação tal que nem considero ir atrás dela.

* * *

A caminho do ginásio, vejo Ryan saindo da sala dos professores, carregando uma pilha de revistas literárias.

— Última edição do ano — digo, tendo um vislumbre da capa. Reconheço o trabalho de Elsa, uma garota quietinha da aula de arte avançada que faz colagens detalhadas.

— Ah, nossa! — exclama Ryan. — Não sou mais invisível.

Dou uma gargalhada e continuo andando, mas ele me faz parar.

— Ei, hã, na verdade...

E sei aonde ele quer chegar com isso, e percebo que existe um cenário para o qual Mark e eu não nos planejamos.

Sabemos que não vamos oferecer informações sobre sábado à noite, a não ser que Ryan e Lehna nos perguntem diretamente. Mas estávamos supondo que Ryan perguntaria a *Mark* e que Lehna perguntaria a *mim*. O que eu faço se o inverso acontecer? Não sou boa em tomar decisões rápidas. Sou bem melhor passando tanto tempo obcecada em tomar uma decisão que a resposta se torna irrelevante.

— Mark falou alguma coisa sobre ter de escrever um ensaio sobre Sylvia Plath?

— Ah — respondo, confusa. — Redação? Está meio tarde no ano, não está?

— Exatamente — diz ele. — No começo, eu pensei *Beleza, trocadilhos com Sylvia Plath!* Mas no último tempo eu pensei *Espere aí. Estamos na semana de revisão. Ninguém está escrevendo redação.*

Eu dou de ombros.

— Você deve ter entendido errado.

— Provavelmente — diz ele, mas percebo que não está convencido.

— Tudo bem — digo. — Hora do vôlei.

— Tá, mas só mais uma coisa.

Merda.

— O que exatamente aconteceu no sábado? Não que seja tão importante, mas...

Ele parece sem graça, e entendo por quê. Mark é seu melhor amigo; ele não devia ter de me perguntar. A forma casual com que tenta agir enquanto, na verdade, parece desesperado é constrangedora para nós dois.

Luto contra a vontade de sair correndo.

Decido não mentir.

Mas também decido não contar toda a verdade.

— Magia — revelo. — Um gato chamado Renoir. Uma garrafa de uísque. Uma máquina de escrever. Samambaias. Sapatos de salto.

Ele arqueia uma sobrancelha.

Eu sorrio.

— Vôlei — repito.

E passo por ele e não olho para trás.

Troco de roupa devagar quando o vôlei acaba. Algumas garotas ficam ao meu redor, querendo me fazer perguntas, mas talvez a preocupação em meu rosto seja impedimento suficiente. Elas acenam com timidez e dão adeus quando saem, e fico sozinha no vestiário. Dois minutos de silêncio.

Eu queria saber por que me senti tão mal.

Queria que meu cérebro não ficasse o tempo todo contando os dias até o fim do ensino médio.

Ou, se for inevitável, queria que cada dia passado diminuísse a pressão no meu peito em vez de a aumentar.

Finalmente saio do vestiário e pego o caminho que vai me levar ao deque dos formandos, onde Lehna, Umma e June certamente estarão tomando sol enquanto almoçam. E em pouco tempo eu as vejo ao longe. Vou mais devagar para as observar.

O que vou dizer?

June e Umma mordiscam seus sanduíches enquanto Lehna fala, gesticulando grandiosamente sobre alguma coisa. Eu me pergunto se Lehna e eu ficaríamos amigas se nos conhecêssemos hoje. Se não tivéssemos dormido na casa da outra centenas de vezes, se não tivéssemos pintado murais em minha garagem, se não tivéssemos ficado lado a lado, de mãos dadas e corações emocionados, naquele show de Tegan and Sara no oitavo ano.

Se Lehna e eu nos encontrássemos, sem nos conhecermos, na fila de uma loja de arte ou de um café, avaliaríamos a outra bem o bastante para iniciar uma conversa? E riríamos das coisas que seriam ditas?

Sinceramente, não sei.

June e Umma, sim. Agora, elas estão trocando de posição, sentadas de forma a ficar com as costas juntas, os cachos pretos e curtos de June encostando nas ondas louras de Umma, cada uma usando a outra como apoio. Se eu as visse, digamos, comprando burritos depois da aula, as acharia irresistíveis. Mas até essa certeza não parece tão firme agora. Uma fagulha inicial não basta para sustentar uma amizade. June e Umma são o tipo de casal que não consegue ter nem uma conversa telefônica só as duas. Elas sempre me colocam no viva-voz. E as vozes são tão parecidas que raramente sei quem está dizendo o quê, coisa que me incomodava antes de eu perceber que não tinha importância alguma. Elas são praticamente siamesas mesmo.

Umma me vê. Acena. E a culpa cai com tudo. Elas são minhas *amigas*. Desço os degraus até o amplo deque de madeira e me sento ao lado de Lehna, sem a olhar.

June e Umma viram os rostos para mim, ficam bochecha com bochecha, ainda com as costas unidas.

— Oi, Estrela em Ascensão — cumprimenta June, sorrindo para mim por trás de glamourosos óculos de sol.

— Oi — respondo, fazendo uma careta de forma que espero demonstrar que não me levo tão a sério.

Lehna tira um pêssego da bolsa e dá uma mordida. Ela o estende em minha direção. É um gesto tão pequeno, mas faz com que eu me emocione de gratidão, e isso me dá vontade de chorar.

Estou tão confusa.

Dou uma mordida no pêssego e o devolvo a ela.

— Quero saber tudo sobre Candace — declaro.

— Ela está totalmente apaixonada por Lehna — afirma Umma.

— Não sei disso, não — diz Lehna. — Mas nós conversamos. Conversamos por bastante tempo.

— Três horas — revela June. — Isso é uma conversa épica.

— Sobre o quê?

Lehna dá de ombros.

— Tudo — responde ela. — Sobre a faculdade. O futuro. Tudo.

Eu faço que sim, mas, enquanto ela me conta mais, só consigo pensar nas conversas que ela e eu *não* estamos tendo. Sobre a faculdade, sobre o futuro. A conversa em que vou contar para ela o quanto sinto medo e como esse novo medo me assusta. A conversa em que vou confessar que não sei como consegui entrar para o curso de artes da UCLA, porque tenho certeza de que meu trabalho não é bom o bastante, e quando eu estiver lá, vão descobrir. Vão rir de mim; vão me humilhar. E a conversa em que vou contar a ela que *nada* na faculdade me empolga: nem os alojamentos nem o refeitório, nem a possibilidade de uma colega de quarto legal nem as festas incríveis, nem as aulas que supostamente vão abrir minha mente nem as lembranças que supostamente vão ficar comigo para sempre. *Nada*. Sinto-me uma fraude cada vez que alguém me pergunta para onde vou. As pessoas sempre ficam impressionadas, e eu sempre finjo empolgação, e o tempo todo fico tentando impedir que o tempo passe, impedir que as férias de verão cheguem, impedir que as aulas terminem, impedir tudo.

— Ela vai estudar na Lewis and Clark — conta Lehna —, o que é ótimo, porque Portland não fica tão longe de Eugene, então podemos nos encontrar nos fins de semana. Não consegue decidir se quer fazer história ou matemática. Mas sabe que quer ser professora. Você consegue imaginar ser tão boa em história quanto em matemática? Ela é tão inteligente.

— Legal — comento, tentando parecer entusiasmada, mas me pergunto se ela consegue ver a verdade.

Acho que devia, porque a amizade envolve mais que fatos. Envolve saber o que alguém está pensando, ou saber o bastante para saber que você não sabe. Mas acho que também envolve não deixar muito tempo passar sem fazer perguntas, para você não acabar olhando para a pessoa uma tarde, com o sol tão forte que é preciso apertar os olhos, percebendo que quase não reconhece a pessoa que ela se tornou. Talvez, quando o assunto é amizade, nós duas estejamos entendendo tudo errado.

— Puta merda! — exclama Umma.

— O quê? — Lehna e eu perguntamos ao mesmo tempo.

June não precisa perguntar, porque Umma está mostrando alguma coisa no celular. As duas ficam de queixo caído.

— Katie — diz Umma.

— Katie — ecoa June.

— Você olhou o Insta hoje?

Eu faço que não. Estou evitando meu celular.

— Você tem uns cinco bilhões de novos seguidores.

Umma vira o celular para mim, e é verdade. Eu costumava ter um número modesto de seguidores, a maioria pessoas que conheço na vida real e alguns amigos que fiz on-line, mas agora o número nem faz sentido para mim. Tem dígitos demais. Clico na minha última foto, uma pintura de elefante, e tem mais de três mil curtidas.

— Que porra é essa? — pergunto. — Olhe isso.

Eu viro o celular para Lehna. Ela demora um pouco demais para pegar, mas não tem outra escolha. Ela olha. Franze a testa. Percorre as fotos e comentários até parar e apertar os olhos.

— AntlerThorn diz: "Parece que uma exposição com a fabulosa Kate Cleary está em nosso futuro..." — Ela entrega o celular de volta para Umma. — Essa galeria estava na lista que eu encontrei. Das melhores novas galerias, sabe? Como eles...? Como você...?

Ela fica me olhando, esperando.

Eu poderia contar para ela sobre Garrison Kline e seus amigos, e que eles prometeram fazer magia por mim, mas Lehna não está perguntando por verdadeiro interesse ou curiosidade. Ela parece irritada, como se a exposição não tivesse sido ideia dela. Eu mal olhei para a lista idiota.

— Não era isso que você queria? — pergunto.

Ela se vira.

O sinal toca antes que eu possa falar qualquer outra coisa, e nós todas nos levantamos e pegamos as mochilas e restos do almoço, e tentamos ignorar a tensão entre nós.

Hoje é dia de estúdio na aula de arte. Só preciso pintar. Bloqueio o mundo com os fones de ouvido e Sharon Van Etten.

Eu começo uma coisa nova.

Espremo tinta dos tubos. Misturo a cor de uma tenda de circo, um céu ao entardecer.

Violet.

Cinquenta minutos desaparecem com pincel e pensamento na tela, e logo estou lavando as cores na pia, e Elsa para ao meu lado para colocar um tubo de cola em uma gaveta.

— Finalmente — diz ela. — A tenda.

— O que quer dizer?

— Durante todo o semestre, você pintou elementos de circo. O elefante com a estrela; a corda bamba; os aros em chamas. E agora, finalmente, a tenda.

— Eu não sabia que estava tão óbvio.

Ela dá de ombros.

— Eu não chamaria de óbvio. Chamaria de tema.

— Obrigada — agradeço. — E, ah, a capa da revista está ótima.

— Eu estava com medo de não conseguirem imprimir a tempo. A gente recebe os *anuários* amanhã. Temos quatro dias, e acabou.

Seco meus pincéis. Tento continuar respirando. Mas a ideia de meu último anuário, cheio de despedidas de todos que conheço praticamente a vida toda, me deixa abalada enquanto sigo para a sala de cálculo. Cada minuto está me levando para mais perto de um futuro para o qual não estou pronta.

Mas, então, vejo Mark. E me sinto melhor.

Eu me sento ao lado dele, na carteira onde me sentei todos os dias por vários meses, mas pela primeira vez me viro e olho para ele.

— Oi — digo.
— Oi — responde ele.
Nós sorrimos.
— Acho que estraguei seu disfarce — confesso. — Eu vi Ryan.
O sorriso de Mark hesita.
— Ele me perguntou de uma redação sobre Sylvia Plath.
— Hum.
— Sylvia Plath não estava nos planos. Sou a favor de distorcer a verdade por uma causa justa, mas não posso dizer que seja uma coisa que me ocorre naturalmente. Mas te trouxe problemas? Espero que não.
Ele se encosta na cadeira.
— Quem sabe? Pelo menos ele perguntou, acho.
— Ele perguntou sobre alguma outra coisa?
— Não de um jeito que tenha me feito querer responder. E ela?
— Não.
— Bem — diz ele —, pode continuar sendo nosso segredo por mais um tempo.
A Sra. Kelly nos diz que vamos precisar tomar nota, e em pouco tempo estamos abrindo mochilas e procurando lápis.
— Diga que pode ficar um pouco comigo depois da aula — peço.
— Sem dúvida — responde Mark.
A Sra. Kelly começa a revisão, e Mark e eu nos viramos para o quadro.
Olho para equações, copio o que ela escreve, mas logo volto a pensar em Violet.

7

Quando encontro Katie depois da aula, ela parece totalmente surtada.

— O quê? — pergunto. — O que foi?

Ela me mostra o celular.

— É AntlerThorn. AntlerThorn me quer.

— Uau! — reajo. — Antler Thorn, é?

Ela assente.

— AntlerThorn já me mandou uma imagem para postar no Instagram. E eu postei. Isso é surreal.

— Sem dúvida! Eu só tenho uma pergunta.

— Qual?

— Quem é Antler Thorn? Porque eu não acho que você seria do tipo que recebe ligações de astros do pornô gay. E Antler Thorn é nome de astro de pornô gay.

— É uma galeria. A que Garrison mencionou, lembra? AntlerThorn. Uma palavra só.

Ela fala como se fizesse muito mais sentido como uma palavra só.

— É incrível, né? — digo. Não sei muito sobre o mundo das artes, mas uma galeria querer você deve ser como ter os melhores olheiros te escolhendo, no mínimo.

— É incrível. Mas também é estranho. Porque é uma mentira que está virando verdade. A única pessoa que achava que eu ia fazer uma exposição em uma galeria era Violet. E agora, uma galeria quer que eu faça uma exposição lá.

Enquanto seguimos para seu carro, ela me explica melhor a história. Não comento que estou meio distraído pensando em algumas das roupas que Antler Thorn, Astro do Pornô Gay®, usaria. Não sei se ela gostaria disso.

Também sei que Ryan gostaria. Quase sinto vontade de mandar uma mensagem para perguntar o que ele pensa quando ouve a expressão *Antler Thorn*.

E o imagino respondendo:

Vou ver o que Taylor diz.

Eu tenho de parar. Estou caindo no ridículo.

Agora estamos no carro de Katie. Ela aponta para um envelope enorme no banco do passageiro.

— Quero que dê uma olhada e escolha os doze que devo mostrar a eles.

Nós entramos no carro, e eu digo:

— Não sei se é a melhor ideia. Ryan é o cara das artes, não eu. Se você quiser escolher, fico feliz em dirigir...

Ela balança a cabeça.

— Se eu tentar escolher, vou demorar umas doze horas, e no fim das doze horas eu vou ter certeza de ser a pior pseudo-artista da história de tudo. É assim que eu sou. E nós não temos doze horas; eu tenho de estar lá às quatro. Porque estão fazendo uma exposição de artistas gays, e parece que um dos fotógrafos precisou remover seu trabalho porque tudo era reprodução das conversas do namorado traidor no Grindr, incluindo as fotos, e o namorado está ameaçando processar.

— A sorte tem um jeito estranho de sorrir, não é? — digo, abrindo o envelope. Ela vai ter de dirigir rápido se vamos chegar ao centro até as quatro.

Realmente não sei nada sobre pintura. Não sei se as cores que vejo são certas e nem se as formas fazem sentido. Eu não saberia dizer com que pintores Katie é parecida, ou em que estilo pinta. Mas quase imediatamente consigo perceber uma coisa em suas pinturas: ela pinta com o coração.

Sinto como se estivesse lendo seu diário. Um diário feito de poemas, onde os espaços e as arrumações de palavras são tão importantes quanto as palavras em si. Essas pinturas não são naturezas-mortas. Não tem nada de morto na vida que existe ali. Tudo que ela pintou tem elementos presentes e elementos ausentes; dá para sentir a presença e a ausência, e é preciso entender se as figuras estão quase completas ou começando a se dissolver. Uma corda esticada pelo céu, com uma garota tentando se equilibrar. A corda é sólida, mas nenhuma das pontas está presa a nada. Em outra pintura, tem uma garota olhando para um aro de fogo. Dá para ver seu rosto ao redor do aro, mas, quando você olha ali dentro, tem um céu estrelado onde o olho deveria estar.

Um Pégaso com uma só asa, virando na direção do chão.

Uma estrela-do-mar com uma ponta faltando... mas é a ponta faltando que você sente que está esticada na direção de um cometa.

Um leão com rabo de chicote.

Um elefante tentado curvar a tromba em torno da lua crescente.

E, na pintura seguinte, a lua crescente tentando se curvar ao redor do elefante.

Ela pintou essas coisas como se tudo nelas fosse real.

— Eu devia dar meia-volta, não devia? — diz Katie, quando fico em silêncio por muito tempo.

— Não ouse, porra — respondo.

Katie parece satisfeita com isso.

— É muita coisa para eu absorver — diz ela. — É uma coisa quando seus amigos estão olhando. Ou as pessoas da escola. Mas, com estranhos... abre uma outra coisa. Dá uma dimensão diferente. Porque, de repente, a arte tem de se sustentar sozinha. Isso é estranho para mim.

— Você já participou de muitos jogos-treino com seu time, mas agora é o jogo de verdade — digo.

— Sim. Agora é o jogo.

Sinto que tem mais uma coisa que ela não está dizendo. Então, pressiono:

— E?

— E... não consigo parar de pensar que está ligado a ela. Nada disso teria acontecido sem ela.

— Nada disso teria acontecido sem você.

— Eu sei. Mas acho que quero dizer que é a combinação. Ela e eu damos nisto. Seja de forma direta ou indireta. Isto.

Seguimos mais um pouco e deixamos Sky Ferreira e Lorde cantar para nós. Termino de olhar sua arte; apesar de eu ser rigorosamente amador, tem algumas pinturas que podem ser eliminadas com facilidade. Desenhos rudimentares que são assim porque ainda não encontraram o tema. Trabalhos de escola que têm cara de trabalhos de escola. Uma colagem que devia ser política, mas só consegue ser óbvia.

— Fez suas escolhas? — pergunta Katie.

Não consigo acreditar que ela confia em mim. Mas balanço a cabeça positivamente mesmo assim.

— Que bom — diz ela. — Deixe essas no portfólio e jogue o resto no banco de trás.

— Tem certeza? — pergunto.

Ela me olha nos olhos e diz:

— Nunca.

AntlerThorn fica em uma área residencial hypada perto de Japantown. Se tem nome, não sei. Só sei que, quando entramos na galeria, me sinto *totalmente* deslocado. EDM canta Every Damn Moment, e as paredes estão pintadas do cor-de-rosa mais berrante que já vi.

— Intenso — comento.

— É uma das palavras para isso — murmura Katie.

A música para. As luzes aumentam. Uma música de Mumford & Sons começa a tocar ao fundo.

Um homem sai por uma porta no fundo e nos diz:

— Olá, olá, *olá*! — Ele tem barba grisalha e quica como o Tigrão ao andar. Está usando uma camiseta do One Direction, na qual alguém pintou com tinta spray *E ESSA DIREÇÃO É PARA FORA DO ARMÁRIO*.

— Você deve ser a Srta. Cleary. E companhia. Audra lamenta não poder estar aqui para ver você. Lamento informar que você vai ter de falar comigo. HAHAHA!

— Oi — diz Katie.

— Ah, que grosseria minha! Sou Brad. *Bad* com um *r* no meio! Ou *rad* com um *B* no começo! Depende do dia! Querem alguma coisa para beber? Tem água do filtro, água do filtro ou água do filtro. Não temos fins lucrativos, afinal. Não que sejamos beneficentes, só raramente temos lucro! Ha!

— Não, obrigado — respondo.

— Para mim também não — diz Katie.

Brad vê o portfólio na mão de Katie.

— Ah, que bom! Audra *amou* o que viu no seu Instagram; ela não quis acreditar só na palavra de Garrison! Nós sempre gostamos de verificar o trabalho antes de nos comprometermos com ele. É como um encontro on-line!

Katie está começando a respirar fundo.

Brad continua falando.

— Me desculpe pelo ataque techno quando vocês entraram, Audra queria que eu checasse, para a inauguração de amanhã. É *tão* bom você poder ficar no lugar de Antonio. Não acredito que Ross esteja sendo tão *chato* com tudo, mas você sabe, Ross sempre teve ciúmes da arte de Antonio, da mesma forma que Antonio ficou com ciúmes de Ross ficar mandando fotos do pau como se fossem spam. Cada um com o que merece! Audra ficou tão preocupada com a situação, mas aí você caiu no nosso gaydar, e de repente foi um eureca, agora sabemos o que fazer com a Parede Seis. "Suba com tudo!", Audra me disse. E eu falei para ela: "Eu *tento*!" Ha!

Ele nos leva a uma mesa na frente de uma parede vazia, que deve ser a Parede Seis. Estou pensando que posso precisar de óculos de sol para acalmar o poder do rosa, mas Katie não está olhando direto. Está olhando para a parede ao lado.

— Lin Chin — diz ela, com algo parecendo assombro na voz.

Cada peça dessa parede é uma caixa de vidro, e dentro de cada caixa tem um par de garças de dobradura de papel. Primeiro, não entendo, mas olho melhor, e minha mente dá um salto. Porque as garças não estão flutuando lá dentro. Não são coisas de papel sem vida. Elas existem em relação umas às outras. Estão tendo uma conversa, e eu estou observando. Os corpos têm linguagem. O espaço entre elas tem intimidade.

— Ah, é, não são lindas? — pergunta Brad. — Lin fez especialmente para esta exposição, acredite se quiser. Ela e Audra se conhecem faz tempo. Teeeeempo, se você me entende. Teeeeeeeeeeeeempo.

Enquanto Katie se impressiona com as garças, Brad tira as pinturas que escolhi de dentro do portfólio e as espalha na mesa.

— Aah! — diz ele. — Ah, sim. Hummm. Feroz. *Muito* feroz.

Katie está fingindo não prestar atenção, mas é óbvio que está. Eu me viro para outra parede e encontro uma série de desenhos de dois homens se beijando. Começa quando eles são jovens, provavelmente com uns 12 ou 13 anos, e eles vão gradualmente envelhecendo. Quase ano a ano. Eles têm a minha idade. Depois, estão mais velhos que eu. E mais velhos. Os cortes de cabelo mudam. (Um vai de louro a moreno e algo entre os dois.) Os rostos mudam de leve, começam cheios, ficam mais finos e recuperam o volume de forma diferente. A única coisa que não se altera é a intensidade do beijo.

Não tem nenhuma explicação. Só o nome do artista, Nic Pierce. Mas acho que não preciso de explicação. Sei por instinto que isso aconteceu, que é verdade. Nic Pierce encontrou: o beijo que dura anos.

— Uau! — diz Brad. Eu viro o rosto e vejo que ele está chamando Katie. Eu a sigo, porque acho que ela me quer por perto.

— São tão *ferozes* — diz Brad. — Tão, *tão* ferozes

— Ferozes — repete Katie. — Para ser sincera, nem sei o que isso quer dizer.

— Ha! Você é tão *adorável*. O crucial aqui, e eu sou crucial, então sei das coisas, ha! O crucial é que Audra ama seu trabalho. Adora. Você pulou já pronta da cabeça de Cindy Sherman? Não. Seu trabalho está à altura de, digamos, Lin Chin? Ha! Mas você é mais promissora no seu dedo mindinho que a maioria das pessoas nas suas cabeças, e Audra *ama* a quantidade de seguidores que você tem. O boca a boca sempre lubrifica as engrenagens da arte, e nossas engrenagens precisam de toda lubrificação que puderem ter! Deixe isso comigo, e vou mandar emoldurar pra ontem. Conheço um cara que me deve uns favores, e as molduras dele são melhores que qualquer outro favor que ele pudesse oferecer, ha! Não dá mais tempo de colocarmos você no catálogo, sinto muito, mas podemos soltar logo um release, anunciando que você foi acrescentada à exposição, e as visitas virão em seguida. Eu prometo: as visitas virão em seguida *mesmo*.

— Posso falar com meu agente um minuto? — pergunta Katie.

— Claro! — responde Brad com a voz bem aguda. — Principalmente porque ele é lindo como bunda. Eu quis dizer *botão*. Ha!

Katie me puxa para a frente da galeria. Agora estamos perto de uma parede coberta por aquela palavra que começa com b escrita em fontes diferentes. É muito estranho vê-la em Comic Sans, mas acho que é esse o objetivo.

— Não está muito claro para mim se eles estão mesmo interessados na minha arte ou nos meus seguidores — diz Katie. — E também não está muito claro para mim se isso importa.

— Acho que ele gosta mesmo — digo. — Quero dizer, ele acha feroz.

— A Mulher Gato é feroz. A Cate Blanchet fazendo papel de assassina é feroz. Lady Macbeth é feroz. Não sei se minha arte deveria ser feroz.

— Ele disse *uau*. Isso é menos ambíguo, não é?

— Só não sei se estou pronta para isso. Estou pronta para isso?

Eu quero dizer para ela: *Como posso saber?* Quero observar que o único motivo para eu ter olhado a revista literária foi por saber que seria importante para Ryan. Quero passar a responsabilidade para alguém que a conheça melhor.

Mas também quero dizer o que ela precisa ouvir. Então, simplesmente digo:

— Sim. Você está pronta para isso.

Ela não questiona minhas credenciais. Não me agradece. Só assente e diz:

— Violet achou que eu estaria em uma exposição. Agora, vou estar mesmo. Não consigo aceitar, mas vou mesmo assim.

— É essa a ideia — digo para ela.

— Estamos acertados? — grita Brad.

— Estamos! — grita Katie.

Brad dá um gritinho e diz:

— Aah, Audra vai ficar tão satisfeita. Ela tem um olho tão bom para o talento. *Tão* bom. Isso vai deixá-la tão feliz. E quando Audra fica feliz, *todos* ficamos felizes! Nada de cabides de arame! Ha! Acho que vou abrir uma sidra de maçã. Quem quer?

— Nós queremos! — digo.

Ele corre até a sala dos fundos e volta com três copos de plástico e uma garrafa.

— É sempre bom ter alguma coisa a mão para comemorações especiais com menores de idade! — proclama Brad. Primeiro, parece que ele vai abrir a garrafa na mesa onde está a arte de Katie, mas ela o bloqueia com o corpo. E isso é bom, porque, quando ele tira a rolha, o líquido derrama no chão. — Aah, isso sempre acontece comigo! — Ele ri.

Ele acaba conseguindo servir um pouco nos copos. Enquanto faz isso, eu digo para Katie:

— Estou empolgado de estar aqui. É um momento importante, não é? Sua primeira exposição em uma galeria.

— Está acontecendo, não está?

— Está. Está acontecendo.

Brad nos entrega os copos.

— Quero fazer um brinde! — declara ele. — Apesar de não haver verdadeiros começos na vida, tem sempre alguma coisa que veio antes, há momentos que parecem um começo, e é sempre bom parar um segundo para apreciá-los. Seu talento começou bem antes de você entrar por aquela porta, Katie, mas um brinde ao começo de um reconhecimento maior e mais amplo desse talento. A Audra!

— A Audra! — ecoa Katie, enquanto eu digo:

— A Katie!

Nós batemos os copos de plástico e tomamos a sidra quente da nossa comemoração.

Katie parece estar sentindo o tipo de felicidade de quem não acredita em si mesma. E estou feliz de uma forma mais perceptível.

Estamos tão absortos no momento que não ouvimos a porta se abrir. Não sentimos mais ninguém na galeria. Só nos viramos para olhar quando ela diz:

— Com licença. Está aberto?

Vejo uma garota bonita com lenço de lantejoulas, parecendo meio confusa.

Mas Katie vê outra coisa.

— Violet? — pergunta ela, os dedos apertando tanto o copo de plástico que o racha.

— Kate? É mesmo você?

E Katie diz:

— Sim, acho que sou eu mesmo.

Kate

8

Ela está dando aquele sorriso incrível bem aqui, bem na minha frente, não em uma foto, não em uma tela, mas *aqui*. Na vida real.

E estou paralisada, com a sidra quente saindo pela rachadura no copo e escorrendo pelo braço, Brad dizendo:

— Aqui, vou limpar você. — E, na direção de Mark: — Eu nunca disse *isso* para uma garota... ha!

— O que você está fazendo aqui? — pergunta Violet. Mas, antes que eu possa responder, ela balança a cabeça e diz: — Retiro o que disse. Só perguntei porque estou nervosa. Você está aqui por causa da sua exposição. E *eu* estou aqui por causa da sua exposição. Vi seu post no Instagram, e não moro longe daqui e queria ver seus quadros de perto, sem todas as outras pessoas.

— Que perfeito — diz Brad, secando meu cotovelo com um guardanapo de papel. — Você é colecionadora? Que *sorrateiro*. Que *inteligente* aparecer no dia anterior à inauguração. Garota má! E com isso quero dizer *boa*. Fique à vontade para dar uma olhada. O trabalho de Kate é claramente feroz, mas se não for o que você está procurando, eu entenderia. Quero dizer, é, sabe, *uau*, mas vamos dizer que não seja sua praia? Se for o caso, eu ficaria feliz em apresentar você ao trabalho de algum outro artista.

— Eu vim para ver o trabalho de Kate.

Ele para de me secar e coloca o guardanapo ao lado da pintura da corda bamba. Praticamente *em cima* da pintura da corda bamba.

— Claro — diz ele. — E aqui está.

Seu gesto na direção da mesa pode muito bem ser a revelação do meu coração. A retirada de minhas roupas.

Daria no mesmo se eu cantasse uma música romântica para ela.

Ela anda na direção das pinturas, e me sinto recuando, para longe da visão de Violet olhando meu trabalho. Elas não são ferozes. Não são uau. São representações rudimentares da possibilidade do amor, e eram para ter ficado em segredo. Eu não sabia antes, mas agora sei. *Constelações*? Que banal. Eu nem sei o nome delas. Já estou confundindo Cassiopeia com Perseu, e elas não são nada parecidas.

Sinto um frio no estômago. Minhas mãos tremem. Não sei como entrei na escola de artes da UCLA. Não sei como Violet — e todas as outras pessoas — vão achar essas pinturas qualquer coisa além de amadoras.

— Abra os olhos — sussurra Mark. — Você está agindo de um jeito *muito* estranho.

Eu nem tinha percebido que estavam fechados, mas agora estou vendo rosa de novo e, quando arrisco um olhar para Violet, penso que talvez a veja sorrindo, mas não tenho certeza, porque o sino da porta toca e uma mulher entra.

— Audra, você voltou! — cantarola Mark. — Veja quem apareceu! É Kate Cleary!

O cabelo de Audra está preso em um rabo de cavalo apertado. O delineador é de gatinha, e tudo que ela veste está coberto de franjas. Ela me olha, estoica.

— Olhe, Kate, eu não falei que ela ficaria empolgada? Aqui estão as telas, e são ainda melhores ao vivo!

Violet abre caminho para Audra assumir seu lugar à frente da mesa, onde observa as telas uma a uma e dá um único aceno antes de pegar o celular do bolso.

— Eu sabia que você ia adorar!

— A exposição começa amanhã à noite — diz Audra. — O que você está pensando em termos de preço?

Ela está olhando para o celular, mas como ninguém responde, suponho que a pergunta seja para mim.

— Ah — respondo. — Eu nem tinha pensado nisso.

— Por favor, me diga que estão à venda. Não posso desperdiçar tempo com arte que não seja comercializável.

— Não, tudo bem — digo. — A gente pode vender. Só não sei quanto devo cobrar.

Brad diz:

— Bem, cada uma das caixas de garças de Lin Chin custa três mil, mas...

Audra ri.

— Precisamente — continua ele. — E os de Nic são oitocentos por desenho, mas concordamos que todos devem ser vendidos para o mesmo comprador. Destruir a sequência seria pior que separar aquele casal! Qualquer pessoa que discorde é uma *destruidora de lares*. As peças da "palavra que rima com caneta" de Tabitha custam mil cada, um achado, considerando que são altamente conceituais *e* feitas de luzes de LED. A forma se junta à função, isso tudo. Mas Kate não está exatamente à altura de Tabitha.

Audra revira os olhos.

Apesar de eles terem me convidado para ser parte da exposição, sinto que não me querem nela. E isso me faz querer sair fora, mas como fazer isso agora sem parecer que estava aqui pelo dinheiro? Sei que não sou nenhuma Jenny Holzer; não sou nenhum Bansky. Nada que estou fazendo é revolucionário. Mas meus quadros valem mesmo tão menos que uma gíria iluminada para genitália feminina?

— Quatrocentos é o máximo que podemos pedir por uma desconhecida — declara Audra. — E mesmo isso é forçar a barra.

Contra minha vontade, meus olhos começam a arder. Pisco rápido, tentando afastar as lágrimas. Essa ideia toda foi idiota, e estou com raiva de Lehna, com raiva de mim, com raiva de que, depois de todos os momentos que sonhei, é *agora*, quando estou sendo totalmente humilhada, que Violet entra em minha vida.

— Como agente dela... — começa Mark, tentando me salvar.

— Eu quero comprar.

Audra e Brad ficam parados. Suas cabeças se inclinam, intrigados em sincronia.

— Todos — diz Violet. — E, me desculpem, mas eu não compro quadros por menos de quinhentos dólares cada, então insisto em pagar essa quantia. Os cem a mais vão direto para a artista.

— Bem, tecnicamente o valor é cinquenta-cinquenta pela quantia total — diz Brad.

Mas Audra levanta a mão e, com isso, Brad é silenciado.

— É muita generosidade — diz Audra. — E suponho que você esteja confortável com a ideia de que ainda participem da exposição?

— Ah, claro — diz Violet. — Como favor a *você*. Kate não precisa de mais exposição.

A boca de Audra se contrai, mas só por um momento.

E agora, em vez de lutar contra as lágrimas, estou olhando para Violet, impressionada. Aqui está ela, com o cabelo curto e desgrenhado e a pequena cicatriz embaixo do olho. Com o lenço sobre o qual Lehna me falou e a boca com a qual sonho à noite. Mas também com uma voz clara, que eu ainda não tinha escutado, e uma postura um pouco mais curvada do que eu havia imaginado, e um rosto um pouco mais redondo do que na foto da tenda.

Ela é quem eu imaginei e não é quem eu imaginei.

— Mas tem uma coisa — acrescenta ela, a cabeça inclinada, olhando para a parede cor-de-rosa vazia onde os quadros vão ficar. — Vocês têm aqueles adesivos redondos vermelhos? Que querem dizer que o quadro já foi vendido?

— Nós só costumamos marcar na folha de preços.

Violet faz uma careta.

— Ah, que decepcionante.

— Mas podemos arrumar os adesivos vermelhos — declara Audra.

Saímos da galeria e vamos para a calçada, Mark e Violet e eu. Chegamos à esquina antes de desabar de tanto rir, encostados em um prédio.

— Minha mãe vai me matar quando vir a fatura do cartão de crédito — diz Violet. — Pelo menos ela está em um continente diferente, então minha morte não é iminente. Ei! — Ela fala para Mark. — Não fomos formalmente apresentados. Sou Violet, prima de Lehna.

— Sou Mark.

— Meu agente — acrescento.

— Certo — diz ela. — Agente.

— É. — Mark assente. — E Katie é minha professora para o SAT.

— Combinação interessante.

— É mesmo — diz Mark.

— Estou com vontade de comemorar meu primeiro grande investimento em arte. Quem quer sushi?

Mark e eu levantamos as mãos.

O restaurante parece tranquilo, apesar de quase todas as mesas estarem ocupadas. Não tem música ambiente, só o murmúrio de vozes, e a luz é perfeita, não é clara demais. A recepcionista aparece com três cardápios e nos leva para uma mesa de canto; Violet logo atrás dela, Mark e eu em seguida.

— Devo desaparecer? — sussurra Mark. — Este lugar parece meio romântico.

Eu faço que não a cabeça.

— Quero você aqui — digo. — Preciso de você.

— Opa — responde ele. — Fico lisonjeado, mas você sabe que não penso em você dessa forma, né?

Eu cutuco suas costelas com o cotovelo, e ele dá um gritinho. Violet se vira e levanta uma sobrancelha.

Eu sorrio. Mark dá de ombros.

Nos sentamos. Fico agradecida pela mesa ser redonda e não termos de decidir quem senta ao lado de quem.

Quero sentar ao lado dela, mas tenho medo. Quero senti-la perto, mas quero ver seu rosto.

Nossa garçonete chega com chá e enche nossas xicrinhas. Assim que se vira, Mark pega o celular e coloca sobre a mesa.

— Ah, não — diz Violet. — Você é uma *dessas* pessoas? Não pode só beber o chá, precisa postar no Instagram ou no Twitter ou no Facebook?

— Não — diz ele. — Só preciso mandar uma mensagem.

— Para quem? — pergunto.

— Você sabe quem.

— Sério?

— Quem é você-sabe-quem?

— Ryan — respondo. — O melhor amigo barra mais ou menos namorado dele.

— Ah! — diz Violet, olhando para ele. — Eu *não* percebi isso. Mas tudo bem. Mais ou menos namorado. Me fale sobre isso.

— Não é nem mais ou menos namorado — conta Mark. — É *ex* mais ou menos namorado.

— Ai! Continue.

Ele olha para mim, e não tenho certeza do motivo até me dar conta de que o começo dessa história envolve o último sábado, quando eu ia encontrar Violet, mas acabei vendo Mark dançar quase nu no bar.

— Quero pedir desculpas — digo. — Sábado passado foi... complicado para mim.

Ela sorri, mas consigo ver uma certa mágoa por trás.

— É — diz ela. — Da casa de Shelbie para a mansão do Facetime. Acho que imaginei que um dia você teria uma história para me contar.

— Sim — concordo. — Um dia. Por enquanto, vou só dizer que me vi por acaso em um bar durante uma competição de dança só de roupas íntimas, na qual nosso amigo Mark aqui foi coroado vencedor.

A partir disso, a história se desdobra e se expande, indo até o passado, como eles se conheceram, como foi, e o passado mais recente, como eles se beijaram, qual foi a sensação... e o futuro que Mark via para eles até a noite de sábado, quando a visão de Ryan dançando destruiu tudo.

— Isso é de partir o coração — lamenta Violet. — É sério. Sinto muito por você. Mas, por favor, *por favor*, não mande uma foto de chá para esse garoto.

— Você acha patético? — pergunta Mark. — Eu sei, eu sei: eu devia estar o ignorando. Ele provavelmente vai receber a mensagem e desejar que fosse de Taylor. Mal vai olhar. — Ele levanta a xícara e a cheira. Coloca de volta sem beber. — Mas a questão é que Ryan gosta muito de chá. Principalmente chá verde. E eu nunca bebo essas coisas. Então talvez consiga sua atenção, sei lá.

— Certo — digo. — Tipo se perguntar com quem você está. Ou como está mudando. Você vai ficar misterioso.

— Kate. Mark. Falando sério. *Chá* não vai tornar você misterioso. O que quero que você faça é o seguinte. Pense em uma frase, só uma. Tem de ser verdade. Precisa vir do coração. Agora, escreva, mas não aperte enviar.

Enquanto ele pensa, a garçonete volta e fazemos o pedido. Quando ela se afasta, Mark digita alguma coisa no celular.

— Certo — diz Violet. — Tem uma coisa que vocês precisam saber sobre mim. Eu conto histórias com moral no final. Vou começar uma agora.

Mark e eu assentimos em aprovação.

— Eu conhecia um cara da trupe. Lars. Ele tinha uns 30 anos e era domador de leões. Tinha talento natural com os animais; ele não sentia medo. Além de ser destemido, era romântico. Uma noite, me contou sobre uma garota que conhecia e amava quando era criança. *Muito* tempo antes, quando tinha 11 ou 12 anos. O nome dela era Greta, e no começo da primavera ela contou para a turma que a família ia se mudar e que era o último dia dela na escola. Ela chorou quando contou para todo mundo, e ele se sentiu tomado de amor por ela. Ele foi para casa e escreveu um poema, e levou para ela na porta de casa. Ele sabe recitar o poema todo, mas só me lembro de um verso, que, traduzido, diz *Seu cabelo sedoso de linho brilha em dourado*. Soa péssimo, eu sei. Ele me garantiu que perde o efeito na tradução, mas não tenho tanta certeza. *Enfim*. Em cada cidade que ele parava para um show do circo, em algum lugar perto do terreno onde montávamos acampamento, aquele verso aparecia pichado em um muro. Eu finalmente perguntei: "E se Greta ler um dia e lembrar, se lembrar de *você*, e quiser te encontrar, mas não conseguir?". A maioria dos artistas não usava o verdadeiro nome, e Lars era um deles. Se ela tentasse pesquisá-lo, descobriria que ele era irrastreável. E eu pensei, se ele ainda pensa *tanto* nessa garota da infância a ponto de espalhar bilhetes para ela em prédios de toda a Europa, se quer tanto encontrá-la, por que não deixa alguma pista para ela encontrá-lo?

— E o que ele disse? — pergunta Mark.

— Ele disse que eu não tinha entendido a questão. Encontrar um ao outro não era a questão. O que realmente importava, de acordo com Lars, era que ela sabia.

Eu me inclinei para a frente.

— Sabia o quê?

— O quanto ele a amava. Como ainda pensava nela. Ele fantasiava que ela estaria vivendo em algum lugar em Berlim, Madri ou Oslo. Estaria levando os filhos de casa para a escola, ou comprando pão, ou indo para casa depois do trabalho, e veria aquele verso escrito em um muro de tijolos, ou em uma cerca de madeira, ou em um outdoor acima dos trilhos de um trem. Uma carta de amor. Ela pensaria nele. Se lembraria dela mais jovem. Talvez mudasse sua vida. Ou não.

Nós ficamos em silêncio. Nossa sopa chega. O vapor sobe do prato, e tomamos nossos primeiros goles cautelosos.

— A moral — diz ela —, caso vocês não tenham descoberto sozinhos, é que às vezes basta deixar uma coisa por aí, no mundo.

— Então eu devo enviar a mensagem.

Ela assente.

— Você *tem* de enviar essa mensagem.

Ele toma outro gole, coloca a tigela na mesa e olha para ela, com a testa franzida.

— Mas... Taylor — diz ele. — Não tem como Ryan escolher a mim no lugar de Taylor.

— Você pode imaginar o que acontecerá depois que apertar enviar — argumenta Violet. — Mas não pode controlar isso. E pode surpreender você.

Ele olha para mim, esperando.

— Como sua professora para o SAT e sua amiga, sinto que tenho um investimento em seu futuro — digo. — E acho que você tem de jogar para ganhar.

9

Por uns três segundos, a sensação é ótima.

Katie e Violet ficam empolgadas por eu ter feito o que fiz, dá para perceber. E isso me deixa feliz, tê-las agradado.

Mas a ficha cai.

O que.

      Eu.

          Fiz?

Se a Apple quer mesmo que fiquemos viciados nos seus produtos, se querem ser o zênite da facilidade para o usuário, por que em nome de Jó não tem uma tecla de *desenviar*? Qual seria a dificuldade de permitir que retirássemos tudo enviado, que apagássemos o erro antes de ser visto?

O que.

Eu.

Estava.

Pensando?

Que tipo de feitiço Violet lançou que me fez escrever o que acabei de enviar?

Eu vou lutar por você.

De que lugar estranho isso surgiu? Como pude pensar, ainda que por um momento, que aquela era uma mensagem que Ryan gostaria de receber?

Que burro eu sou.

Violet continua sentindo orgulho de mim; está completamente alheia ao meu pânico crescente. Mas Katie consegue perceber que tem alguma coisa errada.

— O que foi? — pergunta ela. — O que você disse?

Eu passo meu celular para ela. Ela dá uma olhada na mensagem e diz "Caramba". E passa o celular para Violet, que lê a mensagem e devolve para mim.

— É verdade? — pergunta Violet.

— O que é verdade?

— Você lutaria mesmo por ele?

Eu faço que sim. Mas o movimento de cabeça não é suficiente, então eu acrescento:

— Eu lutaria por ele. — Mas isso também não é suficiente, e por isso eu continuo. — Na verdade, abriria caminho entre escombros com minhas próprias mãos para chegar a ele. Levantaria carros. Lutaria com qualquer pessoa que dissesse que não devíamos ficar juntos. Porque, se você quer saber a verdade, se quer *mesmo* saber a verdade, nada disso pode ser tão difícil quanto estar apaixonado por ele e não poder contar para ninguém. Inclusive para ele. Eu tenho essa *coisa* dentro de mim, que está com raiva e está com medo e está insegura e, mais que tudo, está tão completamente apaixonada por ele, e faria qualquer coisa para ficar com ele, mesmo que queira dizer ficar da forma como estamos agora.

Não acredito que estou contando isso a elas. Por que estou contando isso a elas?

Não me seguro e continuo:

— Não posso deixar que ele se apaixone por outra pessoa. Não posso deixar que aconteça. Estou com tanta raiva e tão apaixonado por ele, e dói perceber isso assim. Se eu lutaria por ele? Estou lutando por ele há anos. E estou perdendo. Independentemente do que eu faça, estou perdendo. Mas tenho de lutar mesmo assim.

Eu tenho vontade de rir, porque agora, sentadas na minha frente com uma preocupação tão semelhante, Katie e Violet parecem um casal perfeito. Exatamente o que eu não tenho. O que me leva a fazer o oposto de rir.

— Você nunca disse isso a ele — diz Violet. Não é uma pergunta. É óbvio.

— Eu digo o tempo todo, só tomo o cuidado para ele jamais ouvir. Digo quando ele está no cômodo ao lado, quando está dormindo ou quando a música está muito alta. Às vezes, ele me pergunta o que eu falei. E eu digo deixa pra lá. Ou invento outra coisa, alguma coisa que não seja "eu te amo".

Sei que falar sobre um problema deveria fazer a gente se sentir melhor, mas falar sobre isso só faz com que pareça mais presente. Todas as minhas palavras, toda essa falação, são equilibradas pelo silêncio de meu celular.

Nenhuma resposta.

Nenhuma resposta.

Nenhuma resposta.

Desenviar.

— Você não pode ficar guardando — aconselha Violet.

— Ou talvez eu não possa guardar e pronto — digo para ela. — Talvez nunca tenha sido meu.

Você pode ficar nu com uma pessoa e continuar irreconhecível. Pode ser o segredo de alguém sem nunca saber qual é o segredo inteiro. Pode saber que ele tem mais medo de você, mas isso não diminui o tamanho do medo que você sente.

Nós criávamos limites e os ultrapassávamos. As roupas de baixo não iam ser tiradas. Nós íamos dar uns pegas, mas não fazer sexo. Só íamos fazer sexo uma vez, para ver como era. Não íamos transformar isso num grande acontecimento. Não íamos deixar que isso afetasse nossa amizade. Não íamos contar a ninguém.

Acho que ele não contou a ninguém.

Imagino que tenha dito para Taylor que eu era um amigo. Seu companheiro. Seu melhor amigo.

Isso se Taylor tiver perguntado.

Katie diz meu nome baixinho, me traz de volta. Está me observando com atenção enquanto Violet olha meu celular com uma mistura de surpresa e horror pela inatividade. Talvez quando ela jogue mensagens para o universo, elas voltem com rapidez. Talvez ela realmente tenha achado que o plano daria certo.

O garçom deve estar rondando a mesa por uma hora, esperando que o garoto gay chorão com os problemas no celular se recomponha por tempo suficiente para pedir mais peixe cru.

— Precisam de mais alguma coisa? — pergunta ele.

Sinto que passou tempo suficiente para meu chá ficar frio. Mas não ficou.

Eu balanço a cabeça. Estou sem palavras até que outras apareçam em meu celular.

— Ryan pode estar ocupado — diz Katie, quando o garçom se afasta. — O celular pode estar desligado.

Mas minhas palavras ainda vão esperar por ele.

E se ele gostar de Taylor metade do que me pareceu, o celular vai estar ao alcance da mão e o volume vai estar alto o bastante para acordar os mortos.

A não ser que ele esteja com Taylor agora.

Katie está esticando a mão para segurar a minha, mas é a de Violet que devia estar prestes a segurar. Aqui estão elas, juntas pela primeira vez, e eu as transformei em personagens menores de minha própria novela.

— Eu sempre me pergunto como seria conhecê-lo, como um estranho — me vejo dizendo. — Esse é meu jogo dentro de nosso jogo; tento pensar no cenário em que tudo funcionaria melhor. Talvez se eu o conhecesse agora. Talvez se o conhecesse na faculdade. Depois da faculdade. Quando ele estiver à vontade com quem é. Mas, cada vez que faço isso, me sinto péssimo. Porque estou sacrificando nossa história. Eu não o amo por quem ele é agora. Não o amaria por quem ele vai ser daqui a dois anos. Eu o amo por todos os Ryans que ele já foi comigo. Acho que essa é a contradição. Quero um novo começo. Eu lutaria por um novo começo. Mas também quero que seja uma continuação.

Violet sorri. Não é um sorriso feliz; é um sorriso melancólico.

— Na verdade, não é contradição alguma — explica ela. — Você quer a continuação que parece um começo.

Naquele momento, meu celular vibra na mesa.

Tenho medo de olhar.

É Katie quem pega. Quem lê a tela. Quem diz:

— Ah.

— É um "ah" bom ou um "ah" ruim? — pergunto.

Ela levanta o aparelho para que eu possa ver.

Estou feliz por você estar do meu lado.

Verifico a hora em que ele enviou a mensagem em comparação à hora em que enviei a minha.

Tem uma diferença de seis minutos e quarenta segundos.

Ele demorou seis minutos e quarenta segundos para digitar: *Estou feliz por você estar do meu lado.*

Começo a elaborar minha próxima frase. *Estou feliz por você estar feliz.* Não. *Quando quiser.* Não. *Você não sabe o que significa quando digo que vou lutar por você?*

Não.

— Largue o telefone — insiste Violet.

— Eu não ia...

— Estou falando sério. Largue o celular. Agora. Eu sei sobre essas coisas. Ele não terminou. Só precisa perceber que não terminou. E, se você responder, vai impedir que ele perceba isso.

— Como você "sabe sobre essas coisas"? — pergunta Katie.

— Canções de inocência e de experiência — responde Violet.

Consigo perceber que Katie não fica totalmente satisfeita com a resposta. Ela está prestes a dizer alguma coisa, mas é interrompida pelo celular vibrando de novo.

Eu preciso de você, está escrito.

Mais digitação. E então:

Vem aqui?

Eu olho para Katie e Violet. Elas olham para mim.

Todos sabemos o que vou fazer.

Kate

10

Agora, somos duas a uma mesa posta para três.

E acho que finalmente começo a acreditar que Violet está aqui, depois da humilhação de Brad e Audra e meus quadros. Depois da euforia da compra de Violet, da coragem da mensagem de Mark e da expectativa horrível pela resposta de Ryan.

Agora, somos só Violet e eu, e estou buscando algo para dizer.

— Me conte sobre o trapézio. Dá medo?

— É apavorante. Mas só subi em um duas vezes, e só quando estava bem perto do chão.

— Mas sua cicatriz. Achei…

— Isto? — Ela toca no olho. — Consegui quando caí de skate aos 8 anos.

— *Lehna* filha da puta — murmuro.

— O quê?

— Nada. Então você não estava aprendendo trapézio?

Ela ri.

— Não. Eu assistia muito. É tão cativante. Mas demora anos para aprender. Eu ficava fazendo deveres de casa. O currículo de quem estuda em casa... não é o mais estimulante, a não ser que você tenha pais que tornem a atividade divertida, com projetos de arte e passeios, e dissecando alcachofra para descobrir que é flor...

— Alcachofra não é flor.

— Ah, é — diz ela, apontando para mim com o hashi. — É flor. — Ela coloca um edamame na boca e sorri. — Aprendi no material de estudo em casa.

Eu sorrio para ela. Ela é tão confiante, tão inteligente e naturalmente engraçada.

— Mas... e você? UCLA, né? Você deve gostar de estudar.

Eu dou de ombros.

— Acho que sim. Mas gosto mesmo é de arte.

— É loucura, né? — pergunta ela.

Eu inclino a cabeça.

— A gente finalmente se conhecer.

— É — digo.

— Só queria que não fosse tão tarde. Tão perto de quando você vai embora, quero dizer.

Não quero pensar sobre ir para a faculdade. Mas agora o pensamento chegou, está ao meu redor, todo o seu peso, a forma como me puxa para baixo. Quero me perder em Violet, mas ela está do outro lado da mesa, não é um lugar distante que só consigo alcançar em fantasias.

Sinto o pânico crescendo e preciso dar as costas para ele.

— Eu recebi sua rosa — digo.

Seu rosto é tomado pela surpresa.

— Como sabia disso?

Parece tanto tempo atrás, apesar de só dois dias terem se passado. Eu relembro tudo: a sensação de sair com Mark naquela primeira noite, o fato de ter descoberto como podia ser uma nova amizade. A música "Umbrella", meu copo gelado, o alívio no rosto de Mark quando pedi para ele ser meu amigo.

— Eu voltei para a casa de Shelbie naquela noite. Cheguei um pouco atrasada. E Lehna me disse que você tinha levado uma flor para mim.

— Mas, mesmo assim...?

— E June me disse que você tinha ido ver os leões-marinhos, então Mark e eu fomos te procurar. Achamos que podíamos alcançar você. Fomos até o píer e andamos por lá, mas não havia ninguém. Mas havia uma rosa.

— Incrível — diz ela. — Isso que é deixar coisas no mundo.

— Me desculpe por aquela noite.

Ela dá de ombros.

— Essas coisas acontecem — diz ela. Mas parece tão magoada que eu continuo.

— Eu queria tanto conhecer você. E fiquei tão nervosa.

— O que acontece quando você fica nervosa?

— Por que a pergunta?

— Quero saber tudo que puder sobre você. Estou esperando e imaginando há tanto tempo.

Tento pensar em uma boa resposta, digna de tanta paciência. Mas só consigo pensar na verdade.

— Não sei — respondo. — Acho que eu fujo.

Ela olha nos meus olhos. Um sorriso surge em seus lábios.

— Espero que você não esteja nervosa agora — diz ela.

Do lado de fora, a névoa está chegando, e não parece que estamos no verão.

— E agora? — pergunto a ela.

— Tenho de ir trabalhar.

Eu pego meu celular. São quase sete horas.

— Seu trabalho começa agora?

— É. A mãe de Shelbie conseguiu um trabalho pra mim com uma conhecida. É divorciada, tem dois filhos, mora em uma casa enorme em Pacific Heights. Eu vou depois que as crianças terminam de jantar para ajudá-la com umas coisas.

— Como o quê?

— Organizar recibos, fazer pedidos on-line, esse tipo de coisa. Ela faz *muitas* compras.

— Eu poderia ir andando com você? — ofereço.

Ela sorri.

— Seria ótimo — responde ela.

Ela tira o lenço. Brilha no sol poente. Quando o coloca de novo, enrola de um jeito elaborado que cobre boa parte do cabelo e fica com a ponta esticada de um jeito desgrenhado de um lado. Ela parece elegante e destemida.

— Por aqui — diz ela, e segue por dois quarteirões antes de virar à direita na Fillmore.

— O que você vai fazer com todos os quadros? — pergunto.

— Vou pendurar, claro! Tenho um apartamento pequenininho com paredes nuas.

— Não são nem bons.

— Ah, por favor!

— Não, sério. Eu achava bons antes. Mas ao vê-los na mesa daquele jeito e ouvir Audra e Brad...

— Fodam-se Audra e Brad. Eu nunca encontrei humanos tão ridículos.

Dou uma risada sem pensar. Sem pretender. Sai alta e repentina o bastante para fazer as pessoas ao nosso redor na calçada olharem em minha direção. A sensação é tão boa, e Violet é tão alegre, e me vejo desejando poder guardar aquele momento para sempre, nunca ir para casa, nunca voltar à escola, nunca ter de pensar em Lehna nem me preocupar com o futuro, só ficar nesta rua elegante com essa garota brilhante e encantadora.

— Mas a questão da arte é a seguinte — diz ela. — Pode ser uma opinião nada popular, mas foi o que passei a acreditar depois de viajar durante anos com artistas incríveis que arriscam as vidas se apresentando para plateias que não se importam com quem estão vendo, mas sim com um bom show. A verdadeira arte é criação. O que sobra depois que a criação acaba é secundário. Eu olhava seu Instagram o tempo todo quando estávamos viajando. Via as cenas do circo e as estrelas. E, sim, eram boas, e as cores eram incríveis. Mas eu as amei porque provavam que você estava pensando em mim.

Ela para no meio do quarteirão e segura minha mão.

— Eu não comprei porque eram quadros, apesar de *serem* quadros bonitos — diz ela. — Comprei porque, como Lars com sua tinta spray, você estava me escrevendo cartas de amor.

De repente, ela está me beijando, bem ali na calçada em uma noite enevoada de verão. Violet está me beijando, e tudo está perfeito. O beijo não termina. Não somos duas garotas em um primeiro encontro educado, dando um costumeiro selinho de boa-noite.

Não.

Estamos nos beijando como garotas que passaram anos querendo uma à outra. Que nunca falaram nada, mas trocaram *eu te amo* mesmo assim. Que olharam fotografias e observaram telas de computador e sonharam repetidamente com esse momento.

Um aplauso começa; um gritinho soa em seguida. Mais gritos, mais aplausos.

— Feliz orgulho gay! — grita uma voz, e mais vozes se juntam a ela.

Se dependesse de nós, ficaríamos nos beijando para sempre. Mas chega uma hora que precisamos parar. Os estranhos são gentis; não ficam por perto para nos constranger quando termina.

— Estou tão feliz que vou vê-la amanhã de noite na exposição — diz ela.

E não confio em ser capaz de falar, então só faço que sim, segura de que meu rosto transmite minha felicidade de forma mais que suficiente.

Ela diz tchau, e levanto a mão em um aceno e, no caminho de volta até o carro, penso no beijo. Levo os dedos aos lábios. Estou formigando; estou entorpecida de amor. Na rua, escuto sua voz repetindo todas as coisas incríveis que me disse hoje.

Quero contar para Mark o que aconteceu.

Quero saber como seria dizer as palavras *Violet me beijou*.

Quero contar para Lehna também, mas não sei como começaria. E não sei por que ela achou que tinha de mentir sobre a outra quando a verdadeira Violet é tudo que eu podia desejar. Quando entro em minha rua, o medo toma conta de mim. Em algum momento terei de falar com Lehna. Em breve. Mas não hoje.

Paro na entrada de casa e desligo o motor do Jeep.

A poucos quarteirões, Lehna deve estar à mesa de jantar com os pais e o irmão, alheia ao fato de que passei o fim de tarde com sua prima. Ou talvez não. Talvez Violet esteja contando para ela agora. Talvez Lehna esteja checando o celular para ver se não tinha recebido nenhuma mensagem minha, se perguntando por que não contei a ela primeiro.

A noite está escura agora, as janelas, iluminadas. Minha mãe está na cozinha lavando a louça. Ela acena para mim. Eu finjo não vê-la.

Não quero entrar em casa. Não quero ir para meu quarto. Quero voltar para a rua Fillmore, para a sensação do corpo de Violet perto do meu, para os sons de comemoração.

Quando saio do Jeep, o calor da noite me surpreende. Nós nos despedimos só uma hora atrás. Estávamos nos beijando só a 50 quilômetros daqui. Mas agora o ar nem parece mais o mesmo. As velhas ansiedades voltam com tudo. Eu não devia ter entrado no programa de artes da UCLA. Não devia participar da exposição na AntlerThorn. Todos os meus seguidores do Instagram são resultado de uma noite estranha e efêmera, e, quando Violet descobrir quem eu sou de verdade, como sou normal, como sou sem-graça, vai ficar tão decepcionada.

A verdade cai pesada no meu estômago.

Violet me beijou.

Mas minha vida ainda é a minha vida.

11

Pego o trem na cidade e ando da estação até a casa de Ryan. Exatamente o que tínhamos planejado fazer no sábado, antes de a noite ser sequestrada.

Mandei uma mensagem para tentar ter ideia do que ele queria. Mas ele não responde. Eu me pergunto se é possível que minha mensagem tenha sido de fato compreendida, me pergunto se é possível termos mesmo essa conversa. Eu me acostumei tanto a ficar no limite que me esqueci da possibilidade de um outro lado.

O mais próximo que cheguei foi depois de termos assistido a *Milk: a voz da igualdade*, um mês antes. Ele escondeu no computador, como se fosse pornografia. Tivemos de esperar até uma noite em que os pais estivessem fora para assistir. Foi risível; acho que não se incomodariam. Mas ele achava. Ele acha.

Já tínhamos feito tantas coisas juntos àquela altura, mas nunca havíamos chorado. Não assim. Não por todas as coisas que podiam dar errado. Não por todas as coisas boas que podiam resultar de tudo. Quando o filme terminou, eu queria dominar o mundo. E tinha uma voz forte na cabeça dizendo: *Como você pode dominar o mundo se não consegue contar a ele o que sente?*

As palavras estavam bem ali. As palavras estão sempre bem ali, a 2 centímetros de serem ditas. Mas ele estava a uma distância um pouco maior que o habitual, perdido na reação ao filme. Então, em vez de falarmos sobre nós, conversamos sobre história, e sobre como esse ano, de alguma forma, iríamos à Parada do Orgulho Gay.

Agora, essa semana chegou, e não da forma que achei que seria. Chego à porta da casa dele e toco a campainha apesar de não precisar; já entrei várias vezes sem tocar primeiro. Mas, nesse momento, quero ser anunciado.

Quando Ryan abre a porta, exibe um sorriso largo no rosto. Abertamente eufórico.

— Como você demorou! — diz ele. E, sem dizer mais nada, sai correndo para o quarto. Eu grito um oi para a mãe dele. Ela não responde, então acho que não está em casa.

Temos a casa só para nós.

Mesmo assim, Ryan fecha a porta do quarto quando entro. Coloca uma banda indie para tocar e se assegura de que a música seja envolvente. Tiro os sapatos e me sento em sua cama, porque é isso que sempre faço.

— Tenho tantas coisas pra contar — diz ele. — Tantas.

Ele não consegue ficar parado. Muda a música. Ajeita meus sapatos. Mexe em uma raquete de tênis que está na escrivaninha por algum motivo.

— Tudo bem — continua ele. — Por onde começo?

Eu vejo o quanto ele está feliz. O quanto está ansioso para conversar comigo. E percebo com a dolorosa clareza nascida de anos observando seu rosto: isto não tem nada a ver com minha mensagem. Não tem nada a ver com nós dois.

Ele não se senta ao meu lado. Fica perto da escrivaninha, mexendo na raquete.

— É o seguinte, Taylor vai dar uma festa hoje e quer muito, muito, *muito* que eu vá. Não é um pretexto pra encher a cara nem nada, é só uma festa do Orgulho Gay que os amigos organizam. Para ver uns filmes e bater papo. Parece que vai ser legal. A gente anda trocando tantas mensagens que é como se eu já conhecesse a maioria das pessoas que vão estar lá. Ele é amigo de tantos artistas, tem uma garota que é titereira. É o trabalho de sua vida. Não é legal? E Taylor vai cozinhar. Eu contei que ele cozinha? Ele não fica se gabando nem nada, mas tenho a sensação de que é ótimo cozinheiro. Não se faz comida na própria festa quando não se é bom, né?

Não compro nem batata frita para minhas próprias festas, então não posso nem começar a responder essa pergunta.

Mas Ryan não quer uma resposta. Ele só quer que eu o ouça.

— Sei que está em cima da hora, mas eu adoraria que fosse comigo. Taylor está ansioso para te conhecer, e, sinceramente, não sei se estou pronto para ir e voltar da cidade sozinho. Taylor viria me buscar, mas a festa é dele, então ele precisa cuidar de todos os preparativos. E, como falei, alguns dos amigos dele parecem muito legais, então, quem sabe... pode ser que você se dê bem com algum. E, mesmo que isso não aconteça, a gente vai assistir a filmes, então você não vai ser obrigado a ter conversas constrangedoras se não quiser.

Ele está tão feliz e eufórico, e eu não consigo suportar. Sinceramente, não consigo suportar.

Ele continua falando:

— Sei que não é tão empolgante quanto sua festa de sábado à noite, sobre a qual você ainda precisa me contar, aliás. Mas, olhe, vai ser divertida. Mesmo.

— Quero ver se entendi direito — digo. — Você me fez vir até aqui, da cidade, só para eu poder voltar para a cidade com você?

— Eu não sabia que você estava na cidade até você me contar que estava no trem! Achei que estivesse em casa. Talvez trabalhando no *projeto Plath*.

— O que isso quer dizer?

— Por que não me diz? Acho que é você quem está guardando segredos aqui.

Ele fala de brincadeira, não por maldade. Está de bom humor. Está se divertindo. O mundo é sua ostra, Taylor é a pérola, e eu estou em algum lugar do outro lado da concha.

Eu quero cooperar. Quero ser seu amigo. Quero poder sorrir e rir e dar tapinhas nas suas costas e acompanhar o que ele disser.

Mas não consigo. Não consigo.

— Não — respondo.

Ryan olha para mim com estranheza.

— Não?

— É. Não.

— O que você quer dizer com não?

— Quero dizer que não posso fazer isso. Realmente não posso fazer isso.

Meu coração está em pânico total. De todas as coisas que imaginei dizer para ele, por que essa é a que sai? Já estou pensando em como voltar atrás, como fingir que só estou brincando. Não é tarde demais.

Ele pergunta:

— Você não pode fazer *o quê*? — E é tarde demais.

— Você está falando sério? — pergunto. — É possível que esteja falando sério?

Ele coloca a raquete de tênis na mesa, como se, ao fazer isso, ficasse sério de repente. Está me olhando como se eu fosse um bichinho que ficou selvagem.

E, porra, pode ser que eu seja.

— Olhe — diz ele —, peço desculpas por ter feito você vir até aqui para voltar à cidade de novo. Se eu soubesse que estava lá, teria ido te encontrar. Você entende isso, não entende?

— Não — respondo. — Não não não não não não *não*. Não é isso. Você não pode achar que seja isso.

É nessa hora que ele devia perguntar *O que é, então?* Mas não pergunta. Porque sabe. E fazer a pergunta vai nos levar a um passo mais perto da resposta.

Eu digo mesmo assim.

— Quando digo que não posso mais fazer isso, quero dizer que não posso continuar pisoteando meus sentimentos só para que as coisas fiquem bem com você. Não posso. E isso quer dizer que não posso ficar sentado aqui na sua cama e dizer que, claro, eu adoraria ir com você à festa de seu novo namorado. O fato de você me pedir isso quer dizer que você fez um trabalho bem melhor em se distanciar do que eu. Mas só existe um eu, Ryan. E ele está tão apaixonado por você que é assustador.

Começo a tremer. Não consigo acreditar que isso esteja acontecendo.

— Ele não é meu namorado — diz Ryan.

— *Essa não é a questão!* — grito.

— Eu sei. — A voz de Ryan está mais baixa agora. — Sei que não é essa a questão.

Pronto. Eu consegui. Derrotei o bom humor dele. E isso não faz com que eu me sinta melhor.

— Nós conversamos sobre isso — diz ele delicadamente. — Nós sabíamos o que estávamos fazendo.

— Estávamos mentindo! — argumento. — O tempo todo, *nós estávamos mentindo.*

Ele balança a cabeça.

— Nunca menti pra você.

— Não, mas mentiu pra si mesmo. Se você realmente acha que não existe nada além de amizade no que estamos fazendo, ou se você realmente acha que ficar se pegando não afeta quem a gente é, então você está mentindo para si mesmo.

Mas você alguma vez acreditou mesmo nisso? Realmente não tem ideia do quanto eu amo você? Do quanto quero que isso dê certo?

Ryan parece horrorizado, e entendo que nós dois estávamos com medo dessa conversa por motivos diferentes.

— Por que você está fazendo isso? — pergunta ele.

— Porque você é a melhor coisa na minha vida, e sei que sou a melhor coisa na sua. Porque uma coisa é eu achar que você não está pronto para estar com alguém, e outra bem diferente é você querer estar com outra pessoa que não eu. Porque eu sei como é quando a gente se beija. Porque sinto que passei a vida toda esperando pra dizer a verdade e, se eu continuar guardando isso, vou acabar odiando nós dois. Porque eu não quero ser seu conselheiro amoroso, eu quero ser a porra do seu parceiro.

— Mas e se eu não quiser? — Ryan está inflexível. — E se eu quiser Taylor?

Não consigo olhar para ele. Estou desmoronando. Abraço meu próprio corpo. Olho para o tapete sob meus pés.

— Quero dizer — continua Ryan —, e se Taylor for quem eu quero namorar? Isso não quer dizer que não quero você como meu melhor amigo. Eu quero você como meu melhor amigo. Sempre. Isso não é mais importante que namorar?

Não olho para ele.

— Eu sei. Eu sei disso tudo. E talvez esteja sendo egoísta, mas eu quero tudo. Quero você todo. Porque sou apaixonado por você.

Eu digo isso e percebo: não tem mais nada que eu possa dizer. Posso repetir de um milhão de jeitos diferentes, mas não tem mais nada que eu possa acrescentar, nada mais forte que isso.

Tento não pensar em beijá-lo na cama. Tento não pensar em ficar nu naquele tapete. Tento não lembrar todas as vezes que fechamos aquela porta e nos tornamos aquelas pessoas e fizemos tudo parecer possível.

Ele se aproxima e se senta ao meu lado. Sinto seu peso no colchão. O afundar e o levantar suave.

Ele coloca a mão em meu ombro. Não de forma romântica. Consoladora.

— Olhe — ele me diz —, posso dizer várias e várias vezes. Você é meu melhor amigo. Você é meu melhor amigo. *Você é meu melhor amigo*. Eu amo você assim, e é uma coisa enorme. Não quero estragar isso, e não quero te machucar. Sei que está fazendo com que pareça óbvio você reagir assim a Taylor, mas, sinceramente, me parece uma reação aleatória. Sei que não é, sei disso agora. Mas você precisa entender que, pra mim, é. Nunca achei que o que fazíamos era... isso. Lamento muito mesmo você achar que era. Mas não fiz nada para fazer você pensar assim. Não mesmo. Sempre foi claro pra mim. E isso não torna você menos incrível. Você é totalmente incrível pra mim. Não é um simples companheiro. É meu melhor amigo.

— Mas precisam ser duas coisas diferentes? — pergunto, quase sem conseguir evitar que o choro engula minha voz.

— No nosso caso, sim.

Isso é muito pior do que eu temia que fosse.

Ficamos sentados ali por um ou dois minutos. Não tenho mais nada a dizer. Ele não tem mais nada a dizer.

Finalmente, é Ryan quem rompe o silêncio.

— Olhe, eu vi você dançando no bar. E li sobre suas aventuras na noite de sábado. Cara, fiquei com ciúmes. Mas fico feliz por tudo, porque mostra que você vai ter muitas oportunidades. Vai encontrar alguém tão incrível quanto você, e espero muito que, quando encontre, me conte. Porque é isso que melhores amigos fazem. E apesar de agora a situação estar difícil, sei que vai passar, sei que vai ficar tudo bem, e sei que vamos conseguir superar isso. Tá?

Eu não quero outra pessoa. Eu quero você, penso. Mesmo agora.

Mas voltei a segurar tudo. Antes, era porque eu tinha medo de que não fosse dar certo. Agora, é porque sei que não vai dar certo.

E não posso dizer que está tudo bem. Não posso mentir assim.

Só olho para ele e penso em todas as coisas do passado mais uma vez.

Você é tão bonito.

Eu entendo você.

Você me entende.

Eu conheço bem você.

Estamos nisso juntos.

Podemos ficar juntos.

Se olharmos embaixo das superficialidades, o que vamos encontrar é amor.

Sei que eu devia esquecer todas essas coisas ... mas não dá para esquecer algo que está dentro de você. Para você não é assim.

Você não é bom o bastante, Mark.

Nunca vai ser bom o bastante.
Como podia esperar que ele visse você assim?
Ele estava usando você, e agora, acabou.
Você era só um substituto até ele encontrar alguém melhor.
E, agora, ele encontrou alguém melhor.

Ryan se levanta. Vai até a estante. Ajeita alguma coisa na prateleira.

— Lamento por ter arrastado você pra cá. E por achar que era uma boa ideia convidar você pra festa de Taylor. Vou deixar que decida se quer que eu conte pra você ou não. Vou entender se não quiser. Não preciso falar sobre ele com você. Faço o que for preciso pra deixarmos isso pra trás.

Ajudaria se ele estivesse agindo como um babaca. Ajudaria se dissesse a coisa errada. Assim, eu poderia sair batendo portas. É difícil demais ir embora.

Mas ele tem uma festa para ir, e eu não tenho mais nada a dizer em voz alta. Então, me levanto. Tento respirar. Eu me obrigo a olhar nos olhos dele.

— Nos vemos amanhã — digo. E, porque sei que vou me odiar por isso, acrescento: — Tenha uma boa noite.

— Você também — responde ele.

Nós dois juntos é impossível.

Abro a porta. Decido não olhar para trás.

— E, Mark?

Eu olho para trás.

— Eu também lutaria por você — diz ele. — Espero que você saiba disso.

Eu não consigo. Simplesmente, não consigo.

Saio correndo antes de me perder completamente.

TERÇA-FEIRA

Kate

12

Acordo de repente com a luz quente de verão entrando pela janela, e olho meu celular.

Nada.

E isso é tão estranho, porque Mark disse que me mandaria uma mensagem acontecesse o que acontecesse. Se a notícia fosse boa ou ruim, *bem me quer* ou *mal me quer*.

E aí??, escrevo agora, e levo o celular comigo pelo corredor e o coloco na beirada da pia. Enquanto tomo banho, fico esperando que toque. Talvez a água faça muito barulho, ou talvez, enquanto estou embaixo dela pensando em beijar Violet, eu esteja absorta demais na lembrança para ouvir o toque do celular. Mas, quando puxo a cortina e verifico de novo, ele ainda não respondeu.

Seco o cabelo preocupada. Passo rímel preocupada. Levo o batom aos lábios preocupada, mas repenso na ideia do batom. Violet e eu vamos nos ver de novo aquela noite, e não quero ter de pensar no vermelho manchando meu rosto nem se espalhando na sua boca perfeita.

Não quero pensar em nada.

Quando ela me beijar, vou me perder no beijo.

Deixo o celular no colo enquanto dirijo até a escola, uma rara violação da regra de não ter celulares no banco da frente que meus pais impõem a si mesmos e a mim. Nós três temos tendência à distração e somos causa perdida quando o assunto é paciência. É melhor não nos provocar. Mas o trajeto segue sem mensagens, e, quando estaciono, decido que a noite deve ter sido boa para Mark.

Isso porque, se ele for como Lehna ou June ou Umma, não necessariamente me mandaria uma mensagem se estivesse em um delírio de felicidade, mas certamente mandaria se estivesse arrasado. Ele me mandaria *livros* por mensagem. Coleções de vários volumes de poesia triste. Eu ficaria acordada a noite toda digitando *Ah, não!* e *Que trágico!* e *Quer que eu vá até aí?*

Quanto mais eu penso, mais percebo que a noite de Mark não foi apenas bem, mas *muito* bem. No estilo de ficarem acordados a noite toda. No estilo apaixonado de *como pude não ter percebido antes*. Talvez tenham se esquecido de programar o despertador, e os pais de Ryan os tenham flagrado em um estado de união despida, e os dois estejam ouvindo um sermão neste exato momento. Ou talvez isso tenha acontecido tarde da noite de ontem, e agora estejam de castigo com os celulares confiscados, o que explica por que Mark não mandou mensagem.

A caminho do armário, faço um desvio pelo corredor C, onde fica o armário de Mark, mas não há sinal dele. Também não há sinal de Ryan. Estou indo para meu corredor quando duas garotas do segundo ano me param.

— Mal podemos esperar pela abertura de sua exposição hoje — diz uma delas.

— É — diz a outra. — Soube que todos os seus quadros já foram vendidos. Que impressionante. Parabéns!

— Uau! — respondo. — Obrigada.

Com tudo acontecendo com Violet e Lehna e Mark, ainda não digeri meu novo status na ribalta. É assustador. E não posso exatamente festejar, porque, se essas garotas que eu mal conheço já estão a par de que alguém comprou todos os meus quadros, Lehna também deve estar.

Mas até que Lehna é bem simpática comigo quando chego aos nossos armários.

— Grande noite — diz ela.

— E pensar que tudo começou como uma mentira — comento. — Fico esperando que alguma coisa dê errado. Acho que mentiras não foram feitas para virar verdade.

— Não era mentira. Era desejo. Ou pensamento mágico? Alguma coisa assim.

Eu dou de ombros. Não sei o que era para ela, mas para mim pareceu enganação. Foi tentar me fazer uma coisa maior do que eu era. E, agora, acho que tudo virou verdade, mas ainda não me sinto digna disso.

— Vou dar carona para June e Umma. Posso dar carona para você também. Caso queira tomar champanhe, sabe? Ouvi dizer que costuma haver champanhe nessas coisas...

— Ah — digo. — Eu nem pensei ainda em como vou.

Ela assente, como se fosse algo casual, como se não fosse uma oferta de paz. Ou um teste.

— Me avise se quiser que eu busque você. — Ela fecha o armário e acrescenta: — Mesmo que seja de última hora.

— Obrigada.

— Tudo bem.

Ela sorri, prestes a sair andando, mas não quero que vá. Ela está sendo tão legal, e eu não mereço. Tem tanta coisa sobre ontem que não contei a ela.

— Ei — digo. — Candace vai?

Ela assente e sorri.

— Legal. Quero muito conhecê-la melhor.

— Violet também vai estar lá, sabe — diz ela. — Tem algum problema pra você? É muita pressão em uma só noite. E nós duas sabemos como você fica sob pressão.

Eu preciso contar para ela, mas o corredor está quase vazio. Vamos nos atrasar para a aula.

— O que você acha de conversarmos no almoço? — pergunto.

— Claro. Até lá.

E ela passa por mim na direção da sala de aula, e eu devia ir para a minha também. Mas fico parada até o sinal tocar e todas as portas no corredor estarem fechadas e o silêncio cair. Até eu estar sozinha comigo mesma.

Cada tempo de aula me aproxima do almoço e me afasta cada vez mais da certeza de que o dia de Mark está sendo passado em êxtase pós-encontro. Não ajudou em nada eu ter encontrado Ryan no corredor e ele ter me dito que me veria mais tarde na exposição.

— AntlerThorn, certo? — disse ele. — Ha.
— Você sabe.
— Não, mas, veja bem. *AntlerThorn?*
— Não entendi. Mas, espere. Onde está Mark?

Ele não respondeu, só pareceu constrangido e murmurou alguma coisa sobre voltar para a revista literária, apesar de nós dois sabermos que o último volume está fechado e distribuído, e que a única coisa que resta a fazer nessa aula é bater papo.

Olho meu celular assim que volto para o vestiário do ginásio depois do vôlei. Nada de Mark, mas tem uma mensagem de um número com código de área 415.

"Kate! Boneca. Tenho boas notícias e mais boas notícias disfarçadas de más notícias. Primeiro, seus quadros já estão pendurados e estão, como posso dizer? *Peculiares.* São decididamente peculiares. A outra notícia pode deixar você meio tensa, mas juro que não é nada que você não consiga resolver em duas horas. Você é uma garotinha incrível. É o seguinte: me esqueci de dizer ontem que todos os participantes da exposição doaram uma peça para ser leiloada no programa do Angel Project. Eu tinha pensado em você doar algum que não fosse vendido, porque jamais teríamos imaginado que *todos* seriam vendidos, mas aí aquela garota colecionadora nos surpreendeu! Eu tive de pegar meu *queixo* do *chão*! E, no meio disso tudo, esqueci do leilão. Precisamos de outra obra sua, e precisamos antes da exposição, para poder ser fotografada para o leilão on-line. Tenho um mensageiro marcado para estar na porta de sua escola às duas em ponto. Sei que você consegue resolver isso. Não ouse me decepcionar."

É uma tarefa quase impossível, mas também é a desculpa perfeita para eu evitar Lehna. Em vez de ir para o deque dos formandos, vou para o estúdio de arte e fico agradecida de encontrar a professora almoçando na sala de aula enquanto navega pela internet.

Vou ter de passar o horário de almoço no estúdio, escrevo para Lehna. *Acabei de descobrir que tenho de levar outro quadro.*

O quêêê?, responde ela. Porque ela sabe melhor que ninguém que meus quadros levam dias. Tem todas as camadas de tinta que precisam secar. Todos os detalhes que gosto de acrescentar. Todas as cores que dedico horas a misturar enquanto procuro o tom e o matiz perfeitos. Mas, quando coloco uma tela branca no cavalete e abro a tampa da caixa de tintas, penso no que Violet disse. Arte é criação.

Então, crio.

Estou progredindo bem, trabalhando mais rápido e mais relaxada que o habitual, sem me preocupar em acertar as coisas. Mas o período de almoço é curto demais. Eu chamo pela Sra. Gao, que está do outro lado da sala. Digo que é urgente.

— Tem alguma chance de você conseguir me dispensar da aula da Sra. Rivera? — Todo mundo sabe que a Sra. Gao e a Sra. Rivera são amigas. Até já vimos fotos das duas no Facebook com roupas casuais, tomando coquetéis no fim de semana.

— Vou ver o que consigo fazer.

Ela desaparece e volta com o celular aberto.

— Kate, estou tão orgulhosa de você! — diz a Sra. Rivera. — Carrie... quer dizer, a Sra. Gao e eu vamos à exposição hoje. Claro que você pode tirar o tempo de minha aula para trabalhar no seu quadro! Vou divulgar seu evento para a turma. Só revise a última unidade do livro antes da prova final se puder. Mas você vai tirar A mesmo, então não se preocupe muito. Mas revise se puder. Tudo bem, volte a trabalhar!

Mergulho o pincel em tinta vermelha e coloco os fones de ouvido quando os alunos de Arte 2 enchem a sala. Tento não sentir seus olhares.

Pode ser meu melhor trabalho, mas pode ser meu pior. Às duas horas, mal olho para o resultado. Encontro uma caixa de papelão, o coloco dentro dela e saio para procurar o mensageiro. Tenho a estranha sensação de que hoje sou o foco do olhar coletivo do corpo estudantil, e o fato de ter um carro preto com um homem de terno do lado de fora segurando um cartaz escrito KATE CLEARY não ajuda em nada.

— Oi — digo.

— Boa tarde.

— Então, hã, a tinta ainda está úmida. Se você puder, sabe...

Ele pega a caixa de minhas mãos. E olha dentro.

— Posso garantir que o maior cuidado será tomado — diz ele.

— Obrigado.

— Tem mais alguma coisa que eu possa fazer por você agora? — pergunta ele.

Pode me ensinar a falar com minha melhor amiga de novo, tenho vontade de dizer. *Pode me impedir de ferrar as coisas com a garota pela qual eu estava esperando. Pode me dizer o que falar para alguém que teve o coração partido.* Porque, a essa altura, sei que Mark não está sendo punido por ter feito um sexo maravilhoso na noite de ontem. Foi uma boa teoria, mas a verdade cruel está ficando clara, e logo vou ter de encará-lo e fazer meu melhor para ser a amiga que ele precisa que eu seja.

Posso não saber ajudar a mim mesma, mas espero saber ajudá-lo.

O mensageiro espera minha resposta com paciência.

— Nada — respondo.

Ele assente. Quando sai dirigindo, passa pelos quebra-molas em câmera lenta.

Depois de uma aula passada sentindo o vazio da mesa de Mark ao meu lado, pesquiso como chegar a sua casa, e sigo para lá. Ele mora do outro lado da cidade em comparação a mim, em uma casa modesta parecida com a minha. Em vez do genérico gramado verde, tem um jardim caprichado com suculentas, flores e trepadeiras. Quando sigo até a porta, passo por algumas cadeiras Adirondack em torno de uma mesa externa com um centro de flores.

Eu bato na porta. Espero. Toco a campainha. Espero.

No desespero, tento a maçaneta, que se abre.

Então, eu entro, coisa que jamais faria em circunstâncias normais, e sigo pela sala decorada com bom gosto e pelo corredor, em busca do quarto de Mark. Não é difícil saber qual é: só uma das portas está decorada com uma camisa de uniforme de beisebol.

Eu bato de leve.

— Estou tentando dormir! — grita ele do outro lado.

— É Kate — digo.

Ele fica em silêncio. E depois:

— Kate?

Eu abro a porta. Está escuro lá dentro, então demoro um momento para encontrá-lo, encolhido na cama.

— Você me encontrou — diz ele.

— Bom, é. Eu estava desesperada. Tentei falar com você o dia todo. — Eu me sento ao lado dele na beirada da cama. — Foi um ótimo jeito de deixar uma garota na dúvida.

Ele vira o rosto para mim, e minha respiração fica presa.

Eu esperava tristeza verdadeira, mas não esperava aquilo: seu rosto está inchado de tanto chorar; os olhos, vermelhos e apertados. Não vejo nada do charme tranquilo nem da dor e da preocupação.

Não vejo semelhança com o garoto que se tornou meu amigo.

— Me desculpe por não conseguir escrever.

— Não — falo. — Por favor, não peça desculpas.

— Escondi o celular no meu cesto de roupas. Não queria saber se ele ia me ligar. Ou não.

— Faz sentido.

— Katie — diz ele.

— O quê?

— Foi horrível.

Eu levanto a mão da cama. Não nos tocamos muitas vezes, mas, quando coloco a mão em seu braço, a sensação é certa.

— Sinto muito — sussurro. — Foi nossa culpa.

— Não foi culpa de ninguém. Foi só a verdade.

— Não achei que fosse ser assim.

Ele fica em silêncio por muito tempo.

— Nem eu — concorda ele.

Tem uma janela acima da cama, e quero deixar a luz entrar. Ele ainda está com a roupa de ontem e todo suado de tanto chorar.

— Você comeu alguma coisa?

— Minha mãe preparou o café da manhã.

— São quase quatro horas. Você precisa de alguma coisa.

Sigo para a cozinha para fazer um sanduíche de pasta de amendoim com geleia. No caminho, passo pela televisão e por uma estante com os DVDs dos pais dele, arrumados em ordem alfabética. Escolho um qualquer. Antes de entrar no quarto de novo, olho meu celular. Brad me mandou uma foto de um folheto com meu nome logo abaixo do de Lin Chin. *Poste no Insta correndo*, instruiu ele. Penso nas belas garças, tão delicadas. Uma vez, li uma entrevista da artista, na qual descrevia como aprendeu a fazer origami com a amiga da mãe. Ela disse que elas não falavam a mesma língua, então conversavam por meio de papel e dobraduras e das figuras que criavam.

Em seguida, penso em meus quadros ao lado das obras dela, e me dá um frio no estômago.

Bato no batente da porta do quarto de Mark e entro de novo.

— Achei que a gente podia ver alguma coisa — digo, entregando o sanduíche para ele.

Ele agora está sentado, passando a mão pelo cabelo desgrenhado.

— Sua exposição — diz ele. — Não consigo acreditar que esqueci. Preciso me arrumar.

— A recepção é só às seis e meia. Temos tempo.

— Mas a gente devia sair às cinco, então.

— Posso chegar elegantemente atrasada.

— Então devíamos sair às seis.

— Ou um pouco mais tarde.

Eu começo a dizer uma coisa.

Mas paro.

Só que acabo dizendo mesmo assim:

— Ou a gente pode não ir.

Assim que falo, sou tomada de alívio. O alívio também está no rosto manchado de lágrimas de Mark, mais evidente, impossível.

— Você está falando sério?

— Completamente.

— Não consigo acreditar que você faria isso por mim.

Sua gratidão é demais para mim, então digo:

— Não estou fazendo isso só por você. — Não tenho por que estar nessa exposição. Como poderia olhar nos olhos de Lin Chin sem morrer de constrangimento? Como poderia ouvir Audra e Brad chamando meus quadros de peculiares? Como poderia aguentar os olhares de Lehna do outro lado do salão? Seria bem mais fácil não ir, mas agora não está na hora de listar todos os motivos, então digo: — Puta merda, aquele lugar é horrível. Aquelas paredes!

— Tem cor-de-rosa demais.

— Cor-de-rosa demais *mesmo*. Então, está decidido. Podemos ver este filme.

— Tem certeza disso?

— Claro que tenho. O filme é com Johnny Depp. Você precisa assisti-lo para lembrar a si mesmo que tem muitos homens gatos andando pelas ruas.

Ele faz cara de sofrimento.

— Só quando você estiver pronto para eles — acrescento. — Por enquanto, eles estão hibernando.

Ele sorri. Não sabia se ele voltaria a sorrir.

Eu sigo para seu computador.

— Ah, não — diz ele. — Se a gente vai assistir a esse filme, a gente vai *assistir*. Não apertar os olhos para uma tela suja de laptop.

Nós vamos para a sala e assistimos, na tela plana gigantesca, ao personagem de Johnny Depp se apaixonar por uma garota estranha de um lugar maior. O filme todo é sobre ele querer estar em outro lugar. Ser parte de uma família diferente. Ser parte de uma cidade diferente. Ser parte de uma vida diferente. Parece que a garota pode salvá-lo.

Violet.

Preciso dizer a ela que não vou.

Mas não tenho o número de seu celular. Poderia escrever um e-mail explicando, mas não sei como começar.

Passa das cinco horas. Lehna deve estar buscando June e Umma, olhando o celular para ver se tem alguma mensagem minha aceitando a carona ou dando um bom motivo para recusá-la. Mas só há silêncio.

E são seis horas, o filme está terminando, e Mark e eu estamos chorando porque é lindo como as pessoas podem ficar juntas. Há tantos jeitos de decepcioná-las, e não tantos para acertar.

— Kate — diz ele, conforme os créditos passam. — Me explique tudo. Quero dizer, você é normalmente assim? Ou tem alguma coisa acontecendo?

— O que você quer dizer com isso? — pergunto, mas é só para ganhar tempo. Sei o que ele quer dizer. A fuga de tudo de bom. Primeiro de Violet e agora da exposição desta noite.

— E acabei de perceber uma coisa — acrescenta ele. — Todos os outros formandos que conheço falam sobre a faculdade o tempo todo. Eu sei que você vai para a UCLA, mas só porque você disse para minha mãe. Você nunca fala no assunto e se forma em nove dias.

Fecho os olhos.

Violet.

— Espere — peço. — Preciso pegar meu celular.

Sigo pelo corredor sem pressa. *Você se forma em nove dias. Você se forma em nove dias.* Estou ficando tonta; minhas mãos estão tremendo.

Abro a mochila e me sento no tapete de Mark.

Tem uma mensagem de Lehna: *Isso é algum tipo de coisa publicitária? Você não está nem perto de ser famosa o bastante para fazer isso.*

Respondo: *Preciso do número de Violet.*

Um segundo depois, meu celular vibra: *Inacreditável.*

Espero para ver se em seguida vem um número, mas não vem.

Não sei o que vou dizer para Mark quando voltar para a sala. Acho que poderia contar a verdade: que me dediquei aos meus quadros e mandei o portfólio. Que fiz isso sabendo que não ia entrar, porque o curso de artes é competitivo e meu trabalho não se destacaria dentre os milhares de outros candidatos. Mas, depois, recebi a carta pelo correio me dando parabéns, e meus pais comemoraram e meus avós nos levaram para jantar, e não houve uma única vez em que alguém me perguntou se era isso mesmo que eu queria.

Ou eu poderia dar a resposta banal que elaborei para as pessoas mais distantes da família e amigos dos meus pais: que eu soube que os professores são incríveis, que estou ansiosa pela praia e pelo sol e para conhecer pessoas novas.

Mark enxergaria a verdade. Perceberia tudo.

E qual é a verdade? A verdade é que eu acho que não mereço nada disso.

Quando chego ao final do corredor, a porta da frente se abre e os pais de Mark entram, e sou salva por apresentações e conversas sobre como terminou a noite de sábado. Em seguida, dou um abraço de despedida em Mark, e o seguro com força pelo pescoço. Quero dizer que não quero deixá-lo. Quero saber o que ele vai fazer agora. Quero saber sobre Ryan e o que exatamente ele disse, e se ainda existe alguma chance para eles.

Mas não quero falar sobre mim e do medo que sinto.

Eu o solto e olho fundo em seus olhos. Não sei o quanto seus pais sabem da noite anterior, nem se sabem alguma coisa, e não quero revelar seus segredos. Então, como não há a menor chance de interpretação errada pelas pessoas envolvidas, seguro seu rosto e lhe dou um beijo na bochecha.

— Sr. e Sra. Rissi — digo. — Eu amo mesmo seu filho.

Os pais dele abrem um sorriso largo, Mark balança a cabeça, e eu vou até o carro.

Quando chego à entrada de minha casa, fico surpresa de encontrar tudo escuro, até me dar conta de que meus pais devem estar a caminho da cidade para pegar o final da recepção depois do dia de trabalho. Preciso avisar que não estarei lá.

Eu me viro e encontro o celular aceso com uma mensagem de texto.

É uma única frase curta de um número que não está nos meus contatos. Eu pego o aparelho e o aproximo de mim.

Você vai ter de se redimir.

13

Eu não quero que ela vá.

Durante uns vinte minutos do tempo que passamos vendo *Gilbert Grape,* eu realmente esqueço o que está acontecendo comigo. Ryan saiu da sala, e só estamos eu e Katie e o filme. Minha mente consegue relaxar. Meu corpo fica à vontade. Não estou destruído.

Mas o filme termina e meus pais chegam em casa, e apesar de eu não querer que ela vá, Katie pula como se tivesse terminado seu trabalho de baby-sitter e, não, ela não precisa que meu pai a leve em casa. Ela me dá um beijo no rosto, diz para minha mãe o quanto eu sou ótimo, e vai embora. Eu devia ficar com raiva, talvez, mas não posso culpá-la. Se eu não consigo suportar minha própria presença, como posso esperar que alguém suporte? Estou agradecido pelo esquecimento com o qual ela me presenteou, estou agradecido de haver uma pessoa no mundo que sabia que eu tinha de me afastar um pouco.

Agora, aqui estou com meus pais, e, apesar de estarmos na sala e eu estar de novo no sofá, parece que estou preso no banco de trás em uma viagem muito longa de carro, com minha mãe me examinando pelo retrovisor. Sei que pareço péssimo. Sei que ela reparou. Ela repara em tudo. Principalmente em coisas péssimas.

Mas, com meu pai aqui, ela não vai perguntar se aconteceu alguma coisa. Porque ele vai dizer para ela não se meter. É o jeito desajeitado que ele tem de me apoiar.

— Estou cansado — digo, me levantando e seguindo para a escada.

— Não está tarde ainda — observa minha mãe.

Está para mim, penso.

Espero que Katie vá à inauguração. Foi fofo de sua parte aceitar o que eu queria em vez de me obrigar a ir com ela. Espero que não a tenha feito perder a exposição.

Sinto-me um amigo péssimo por tê-la prendido aqui por tanto tempo e por desejar que ela voltasse.

Tiro o celular do fundo do cesto de roupa suja, quase nostálgico pela pessoa que usou as roupas sujas que estou jogando para o lado. Só vou pegar o celular para poder desejar boa sorte a ela.

Mas, antes que eu possa fazer isso, tem outra mensagem de texto que eu tenho de ver.

Você está bem?

Como ele ousa me perguntar isso? Como ousa fazer parecer tão simples? Como ousa perguntar só uma vez?

Jurei que não ia olhar o celular, e, agora que quebrei a promessa, é como se as outras estivessem anuladas e inválidas. Como qualquer viciado, construí barreiras feitas de lenços de papel. Em um movimento intenso, abro o laptop e olho todos os sites e apps onde Ryan poderia ter postado alguma coisa; quero ver como foi sua noite, como foi seu dia, como a história aconteceu sem mim. Sou a porra do Tom Sawyer (ou seria a porra do Huckleberry Finn?) indo ao próprio enterro, mas estou fixado na reação de só um dos presentes. Só que essa pessoa não se deu ao trabalho de aparecer, porque, enquanto olho de janela em janela, não há palavra dele em lugar algum, não há foto, não há vida após a morte para ser vista. Só descubro pelo Facebook que ele está na inauguração de Katie. Não diz se está acompanhado ou não.

Clico na lista de amigos. Digito *Taylor* na caixa de busca. Cinco pessoas aparecem. Duas são garotas chamadas Taylor. Duas são homens cujos sobrenomes são Taylor. E uma é o anticristo.

Sei que não é justo. Mas não é justo ver o quanto ele está lindo na foto, de camiseta rosa na frente da ponte Golden Gate, os óculos de sol enfiados no bolso sobre o coração, tatuagens de frases que não ouso dar zoom para ler. Não é justo clicar no perfil e descobrir que ele joga polo aquático e tem suas poesias publicadas em algum semanário alternativo da Bay Area. Não é justo ver uma postagem de 23h13 de ontem com uma foto de Taylor com o braço tatuado em volta de Ryan, sentados em um sofá verde com dois outros caras, um banquete sobre a mesa de centro à frente.

Eu me pergunto que horas Ryan voltou para casa na noite anterior. Se é que voltou para casa.

Você está bem? Não, eu não estou bem.

Volto para a página de Ryan. Não tem fotos de Taylor na timeline, mas tem muitas fotos nossas. Nada remotamente romântico para o olhar leigo. Mas eu as vejo com o olhar de quem está envolvido, que sabe que depois da foto sem camisa na praia, fomos para o bosque e nos beijamos, encostados em uma árvore. O projeto que fizemos sobre Krakatoa precisou ser feito em uma noite porque passamos duas semanas provocando nossas próprias explosões em vez de trabalhando nele. As fotos de nós dois com nossas amigas Lisa e Aimee depois de assistir a *Frozen*; sei que parece que estou apoiado nele para caber na foto, mas eu na verdade estava apoiado nele para poder passar o braço em sua cintura, para poder abraçá-lo e sentir minha cabeça encostada na dele. Meu olho interior vê o carinho. Meu olho interior vê essas coisas o tempo todo.

Meu choro é tão idiota. Ajuda em quê?

Eu devia ter contado mais coisas para Katie. Ou talvez devesse ter pensado que era uma noite importante para ela antes de puxá-la para o buraco negro em que minha vida se transformou. Só que ela não tratou a própria grande noite como uma grande noite. Não sei. Meu olho interior não consegue ver além de mim e Ryan.

O que também é idiota.

Você está bem?

Por que meu celular está em minha mão?

Por que estou digitando *NÃO* em caixa-alta?

Por que estou apertando *enviar*?

Uma voz em minha cabeça diz *Para de merda, garoto*. Mas estou confuso. Não reconheço a voz. Não é de Ryan. Não é minha. É como uma versão militar de mim. Um cara sério, com voz grave. Por que ele está em minha cabeça? Minha mente acha mesmo que vou parar de desmoronar se falar como um sargento?

Eu olho o celular.

Ryan não respondeu.

Sete segundos se passaram.

Penso em mandar uma mensagem para Katie e pedir desculpas por tomar seu tempo. Ou agradecer por ela ter vindo. Ou implorar para ela voltar.

Ouço a voz de minha mãe em algum lugar. Está me chamando para jantar.

É tudo minha culpa. Por ter ido para a cidade. Por ter falado. Por não ter deixado pra lá. Por ter insistido.

Eu sabia que o perderia se dissesse alguma coisa.

Eu disse alguma coisa.

Eu o perdi.

Como posso culpá-lo por isso?

O barulho de batida não é em minha cabeça. É meu pai na porta.

— Você vem, filho?

Ryan adorava meu pai me chamando assim. Ele dizia: "Se meu pai me chamasse de filho, talvez eu conseguisse contar a verdade".

Ele não queria falar sobre nós. Queria falar sobre ele. Mas isso estava relacionado a nós.

Percebo que não respondi. Meu pai está esperando uma resposta.

— Não sei — respondo para ele.

— Você não sabe se vem jantar? Como foi sua mãe que cozinhou, acho que uma resposta melhor seria "sim".

Essa também seria uma resposta melhor para *Você está bem?*

Eu olho o celular.

— Mark. — Meu pai está ficando impaciente.

— Me desculpe — digo. Não tenho ideia se estou falando em voz alta ou só dizendo em pensamento.

O que você está fazendo, Mark?

Isso definitivamente foi em minha cabeça.

Você está agindo como se ele tivesse dado um fora em você.

Ele não deu um fora em você.

Para dar um fora, vocês teriam de estar juntos primeiro.

— Mas nós *estávamos* juntos — digo. Em voz alta.

Felizmente, meu pai já se afastou do quarto.

Sei que tenho de comer, e sei que meus pais me querem no jantar, e todas essas obrigações me levam até a cozinha, onde eles já estão comendo salada.

Ryan sempre achou engraçado meus pais começarem todas as refeições com salada. Os pais dele não curtiam verduras.

Não tenho ideia de por que estou pensando neles no passado.

Ele não está morto.

Não foi a lugar algum.

Até me mandou uma mensagem perguntando se eu estava bem.

(Eu checo de novo. O celular não vai sair da minha mão.)

— Espero que Katie saiba que podia ter ficado para o jantar — diz minha mãe. — Não conversamos muito, mas gosto dela.

— Ela tinha uma inauguração para ir — murmuro, na defensiva. Eu falo como se ela tivesse me acusado de expulsar Katie.

— Inauguração de quem? — pergunta meu pai.

— Dela. Na AntlerThorn.

Minha mãe coloca o garfo no prato, apesar de ainda haver alface espetado.

— O quê?

— As obras de arte dela estão expostas nessa galeria. Hoje é a inauguração.

— E por que você não está lá com ela?

Porque sou um amigo de merda, mãe. E, além disso, não valho a pena como namorado.

— Não sei — respondo.

Ela está se levantando. Por que minha mãe está se levantando?

— Vamos — diz ela.

Não entendo o que está acontecendo.

Minha mãe está procurando o endereço no celular.

— Eu sei onde é — digo.

E, de repente, está decidido.

Como se fosse um grande cão de caça gay, Brad me fareja antes de eu passar pela porta.

— Ah, graças a Deus! — grita ele, se aproximando correndo. — Audra está afiando o pique para minha cabeça! E não é bem esse pique que eu gosto que enfiem em mim, haha! Eu tenho de dizer que há uma linha tênue entre um atraso elegante e uma *morte* elegante. E *não* se cruza essa linha com Audra. Não, senhor. Mas, agora que vocês chegaram, quero mostrar...

Brad para de falar, pois olhou por cima de meu ombro e viu minha mãe, não Katie.

— Onde ela está? — pergunta ele. — Me diga que está estacionando o carro.

— Quem é esse? — pergunta minha mãe. — É *amigo* seu?

Pela entonação como pronuncia *amigo*, fica claro que quer dizer *amigo especial*. Tipo, *namorado*.

— É um prazer conhecê-lo — diz ela, oferecendo a mão para Brad. Ele olha o que ela está vestindo e aprova.

— Ela não está estacionando o carro — murmuro. Em seguida, entro na galeria, antes que Brad possa dar outro ataque.

O espaço quase não está reconhecível em comparação a ontem, porque agora está lotado de gente. Tem alguns rostos da escola, mas a maioria é de adultos. Adultos sérios. Usando joias sérias. Tendo conversas muito sérias sobre arte. Ou, pelo menos, fofocando e fazendo parecer que são conversas muito sérias sobre arte. Procuro Ryan, e não o encontro. Em seguida, procuro Katie, e não a encontro.

— Você. É, você.

Não estou prestando atenção porque tenho medo de dar muito trabalho. Mas, quando sinto um chute na perna, me viro e vejo a amiga de Katie, Lehna. A amiga zangada, Lehna. As outras duas amigas estão atrás. Sinto-me péssimo, mas esqueci o nome delas.

— Onde ela está? O que você fez com ela?

Ignoro Lehna e procuro ver se minha mãe ainda está conversando com Brad. Pela forma como segura a bolsa, acho que estão falando sobre onde ela a comprou.

Lehna me chuta de novo.

— Foco, garotão — exige ela. — Katie anda agindo de um jeito esquisito desde que te conheceu. Quero uma explicação.

Quero que Ryan esteja aqui? Por que Ryan não está aqui? Ele está com Taylor?

Lehna está balançando a mão na frente de meu rosto.

— Me deixe em paz — digo, e começo a abrir caminho até a Parede Seis.

— Não tão rápido — diz Lehna, segurando minha camisa. Tem mais gente nos olhando agora.

Ryan é uma dessas pessoas.

Ryan.

Quero que ele pareça péssimo, mas ele não parece estar péssimo.

Mas também não parece estar feliz.

Parece exausto.

Não consigo vê-lo sem que haja algum efeito. Jamais consegui olhar para ele sem que houvesse algum tipo de reação. Felicidade. Desejo. Fraqueza.

Lehna me puxa com mais força.

Eu levanto a mão e solto sua mão da minha camisa.

— Não toque em mim! — grita ela.

Não estou vendo Taylor. Ryan estava conversando com alguém, mas não era Taylor. Era Anna, da escola.

Claro. Taylor não estaria aqui.

Taylor ainda é segredo. Porque Ryan ainda tem um segredo.

Tenho vontade de rir. E, ao mesmo tempo, começo a imaginar uma punição. Seria tão fácil. Só preciso ir até ele e beijá-lo. Não. Só preciso contar a verdade para quatro pessoas fofoqueiras. Não. Só preciso contar para minha mãe, que vai comentar com a mãe dele. Não. Só preciso beijá-lo. E só quero beijá-lo.

Todo mundo vai saber. E, se todo mundo souber, não vai haver motivo para esconder. E, se não houver motivo para esconder, não vai haver motivo para ficarmos separados.

Acho que Lehna está gritando comigo. Mas não importa. Estou andando na direção dele, e ele está me vendo andar até ele, e eu penso, sim, eu tenho o poder aqui. Só preciso beijá-lo na frente de todas essas pessoas. Só preciso beijá-lo como se fosse a coisa mais natural, como quem já praticou muito.

Adoro o fato de ele não ter ideia do que vai acontecer. Conforme vou me aproximando, ele não tem ideia. Está fingindo que não sente nada. Está fingindo que está tudo bem. Está fingindo que não é nada de mais eu andar por um salão lotado na direção dele depois de chorar o dia inteiro.

Eu vou fazer. Vou mostrar a ele. Vou mostrar a todo mundo, e depois vai ficar tudo bem.

Não. Não faça isso.

É a voz de Katie. Na minha cabeça. Eu paro, olho ao redor por um segundo e a procuro. Mas ela não está aqui. Não é uma das mais de dez pessoas me olhando.

Você encontrou a arma; agora, jogue-a fora.

Estou olhando nos olhos de Ryan e sei que vou pegar esse beijo público, o beijo que mudaria tudo, e vou dobrá-lo até ficar pequeno demais e nunca mais poder ser encontrado.

Nossos olhos se encontram por um segundo. Ele parece triste. Não feliz. Não com desejo.

Triste.

— Onde está Katie? — pergunta ele.

De repente, Lehna está na minha cara de novo, entre mim e Ryan.

— Você não pode sair andando! Me responda!

— Não sei onde ela está — respondo para ele, digo para ela, digo para todo mundo. Não menciono que ela estava comigo antes. Isso não é da conta deles.

Ryan ainda parece estar triste. Ele só perguntou porque não sabia o que dizer. Agora, está tentando pensar no que dizer em seguida. E, como eu estava pensando tanto em beijá-lo, agora só sinto o ato de não beijá-lo, de tê-lo aqui, mas não de verdade.

De repente, é como se a sala toda estivesse me pressionando. Lehna está furiosa, e Ryan está vazio, e as constelações nos quadros de Katie estão soletrando um aviso. Sinto os dois homens atrás de mim, se beijando durante todos esses anos, e vejo Audra atravessar como um furacão na direção de minha mãe, e vejo Brad se afastar dela, repreendido. As pessoas estão me olhando, mas ninguém está me vendo, e as paredes cor-de-rosa estão começando a oscilar nos cantos de minha visão, como se estivéssemos presos em um ventrículo lotado, em um coração barulhento.

Preciso de uma vida nova e preciso agora mesmo.

Não me despeço de ninguém. Vou em direção da válvula, ando na direção da porta. Ignoro todas as vozes, todos os olhares, tudo exceto meu pensamento de sair dali. Chego à calçada e viro à esquerda, vou para a lateral da galeria, para os fundos dela. Sento-me no meio-fio. Baixo a cabeça. Seguro a cabeça.

Tem uma explosão de incandescência, um raio sem chuva. Levanto o rosto e, quando a cegueira volta a ser visão, vejo Garrison, o fotógrafo da outra noite, sorrindo para mim.

— Me desculpe por isso — diz ele, baixando a câmera. — Mas não pude resistir. Uma tristeza tão linda.

— Não é linda — discordo. — Tristeza *não* é uma coisa linda.

— É, quando vista de fora.

— Bem, eu não estou de fora.

Ele se senta ao meu lado no meio-fio.

— Vai estar um dia. Sei que não parece agora, mas, um dia, vai.

Não sei nem se ele me reconhece, não consigo ver por que reconheceria, até perguntar:

— E aí, todo mundo gostou da outra foto? Teve o efeito desejado?

— É, acho que sim — respondo. — Quero dizer, todo mundo falou sobre ela. Todo mundo, menos o cara que eu mais queria que gostasse.

Ele dá um tapinha no meu joelho, de um jeito que Katie faria, não de um jeito que alguém na Happy Happy faria.

— Não consigo acreditar que estou dizendo isso, porque não sou *tão* mais velho que você. E sei que, quando eu tinha sua idade, esse tipo de conselho ia entrar por um ouvido e sair pelo outro. Mas vou dizer mesmo assim. A maioria das vidas é longa, e a maioria das dores é curta. Os corações não se partem de verdade; eles sempre continuam batendo. Não tenho intenção de diminuir o que você está sentindo, mas já estive no seu lugar e já superei. Como aquele homossexual famoso, Winston Churchill, disse uma vez, se você se vir de coração partido, continue andando.

— Winston Churchill era gay?

— Bem, não... eu só estava tentando acrescentar um pouco de leveza aqui.

Não posso dizer que me sinto muito melhor. Mas me sinto um pouco mais calmo. Pelo menos isso.

O fotógrafo se levanta. Leva mais uma vez a câmera ao olho.

— Mais uma, para a posteridade.
Não faço pose. Deixo que ele me veja como eu sou.
— Imperfeito — diz ele. — O que é perfeito.
E então, como todo mundo, ele faz a pergunta da vez:
— Onde está sua amiga?

14

Eu o encontro na calçada, exatamente onde a mensagem disse que estaria.

— Não consigo acreditar que você veio — digo.

— Não consigo acreditar que você não veio.

Apesar de estarmos atrás da galeria, as luzes e vozes que vêm lá de dentro me dizem que a festa ainda está a toda quase quatro horas depois de ter começado. Vi a Sra. Rivera e a Sra. Gao entrando em um carro quando cheguei, mas consigo ouvir a voz de Lehna e a de Brad e uma gargalhada tão aguda e sem alegria que deve ser de Audra. Nem procuro a voz de Violet, pois sei que ela não está lá. Está em outro lugar, esperando que eu me redima.

A voz de Brad explode lá dentro, o prazo de uma hora para terminarem os lances no leilão.

— Podemos ir para outro lugar? — pergunto. — Podemos voltar pra cá depois, mas não posso entrar agora.

Mark se levanta.

Eu olho para ele; ele olha para mim.

Não somos os mesmos que éramos no domingo.

Ele passa a mão pelo cabelo, e até a forma como as mechas caem mudou. Ele não é um garoto de ouro, encantando o bar com seu visual arrasador e *sex appeal* saudável. Está ferido e maltratado, cansado e perdido. Se agora estivesse dançando no balcão de um bar, a mesma quantidade de pessoas olharia para ele, mas nenhuma sorriria.

Também consigo sentir a mudança em mim, mas não quero pensar nela. É uma coisa ser destruída por outra pessoa, outra bem diferente é ser destruída por si mesma.

— Garrison apareceu aqui procurando você.

— É sério?

— Ele tirou fotos minhas e me deu conselhos. Talvez ache que é meu fado padrinho.

Dou um sorriso apesar de tudo e penso na noite de sábado, naquela mansão e todas aquelas pessoas, e na sensação de que tudo era possível.

— Eles nunca vão perguntar o que aconteceu — digo. — Se não perguntaram até agora, não vão perguntar mais.

— Eu sei.

O carro estacionado à frente ganha vida, acende os faróis nos meus olhos.

— Que conselho ele deu?

— Falou umas coisas sobre corações. E aquela citação de Churchill sobre andar no inferno, só que adaptou para um coração partido.

— O Sr. Freeman adora essa citação. Você teve aula de história com ele?

— Tive, no primeiro ano.

— Eu amo a sala de aula dele. Todos aqueles pôsteres bonitos que ele emoldura em vez de prender nas paredes com tachinhas como todos os outros professores. Ele sempre tem chá na mesa, e a chaleira elétrica deixa a sala enevoada quando está frio do lado de fora. Eu nunca queria que aquela aula acabasse. Apesar de estarmos falando de guerras e traições e morte, de todas aquelas coisas horríveis que vivem se repetindo, quando eu estava na sua sala, me sentia segura.

Mark me observa enquanto falo isso, como se eu estivesse respondendo à pergunta de mais cedo. E talvez eu esteja. Ou, pelo menos, estou fazendo o melhor que posso ao considerar que não sei qual é a resposta.

O que está acontecendo com você?

Se eu conseguisse colocar em palavras, talvez a resposta não se esgueirasse por trás de mim dessa forma.

Eu fecho os olhos.

Violet.

Mas não está mais dando certo. Ela não é mais uma ideia, um feitiço ou uma fantasia. É uma pessoa cuja boca eu beijei. Sabe que eu tenho problemas e que fujo, e apesar de eu dever encontrar consolo no fato de ela me querer mesmo assim, não encontro.

Não consigo encontrar consolo em nada.

— Vamos caminhar — sugere Mark.

Passamos pelo restaurante japonês ao qual fomos com Violet. Passamos por um karaokê e por um homem abrindo cobertores em uma porta para se abrigar durante a noite, por lanchonetes e por um clube elegante de jazz, por hipsters e mendigos, por um estúdio de tatuagem e por uma igreja. E a rua fica mais tranquila, com prédios pequenos, um seguido do outro, e ninguém exceto nós, os carros e uma pessoa ocasional voltando para casa.

Chegamos ao final de um quarteirão e paramos. As luzes da cidade se projetam abaixo de nós.

Mark diz:

— Eu nem percebi que estávamos subindo uma colina.

— Nem eu — digo, mas percebo que estou ofegante.

Estou tentando me entender. Mas fracasso o tempo todo.

— Me conte sobre aquela noite — peço.

Ele se vira para mim.

— Não vão nos perguntar, mas ainda é nossa.

Ele concorda com um gesto.

— Tudo bem — diz ele. — Nós aparecemos na porta e não sabíamos o que esperar. Tocamos a campainha e esperamos o que pareceu uma eternidade, mas aí aquele cara, George, abriu a porta e nos deixou entrar. Foi como uma cena de *Gatsby*, só que mais gay. A não ser que você concorde com o Sr. Chu e ache que aquela parte esquisita com as elipses queria dizer que Nick e Gatsby ficaram juntos, então, nesse caso, foi como uma cena de *Gatsby* e tão gay quanto ela. O lugar era cheio de samambaias e tapetes sobrepostos e champanhe em bandejas de prata carregadas por garçons lindos e sendo bebido por convidados ainda mais lindos. E George disse: "Estávamos esperando vocês!". E apesar de parecer impossível, também pareceu verdade. — Ele respira. — Agora, você.

— Era verdade. Eles *estavam* nos esperando. Passamos embaixo de um candelabro enorme para ir até onde o fotógrafo estava sentado com os amigos. Eles pediram para nós contarmos como foi nossa noite, e amaram tudo que dissemos.

— Não consigo acreditar no quanto eles estavam interessados em nós.

— Eu consigo — digo. Eu me concentro. Tento encontrar o motivo por trás. — O que está acontecendo com a gente, as decisões que estamos tomando ou não, as coisas que podemos controlar e as que não podemos são enormes. E as pessoas podem escolher esquecer como era com elas ou podem lembrar. Podem ouvir parcialmente o que a gente diz e revirar os olhos quando vamos embora porque somos jovens e não temos ideia nenhuma de que porra estamos fazendo. Ou podem prestar atenção e podem pensar nelas quando eram como nós, e talvez possamos devolver algumas partes delas. — E agora, meus olhos estão se enchendo de lágrimas, minhas mãos estão tremendo. — Porque nós *perdemos* — digo. — Nós crescemos e nos *perdemos*. Às vezes, quando minhas músicas favoritas estão tocando, tenho de parar o que estou fazendo, me deitar no tapete e ouvi-las. Eu sinto cada palavra que estão cantando.

Cada nota. E pensar que em vinte anos, ou dez, ou até cinco, eu talvez ouça as mesmas músicas e só balance a cabeça é horrível. Tenho certeza de que vou achar que sei mais sobre a vida, mas não é verdade. Eu vou saber menos.

As lágrimas agora cobrem meu rosto.

— Olhe pra mim — peço. — Tão burra. Você devia estar esperando uma coisa real, mas a única coisa que tenho para me explicar é uma crise existencial.

— Não — diz Mark. — Não diga isso.

— Mas é sério. Aqui está você, passando por um evento real com Ryan, e aqui estou eu, surtando porque estou pensando demais.

— Não — diz ele de novo. — É seu eu futuro falando. Seu eu adulto e burro.

Eu dou uma gargalhada. Ele estende a mão para pegar a minha.

— Me conte o que aconteceu depois.

— Tudo bem — digo. — Preciso pensar. Os amigos de Garrison pegaram os celulares e disseram que só precisavam de dez minutos para me tornarem famosa. "Qual é o nome da galeria mesmo?", perguntaram. "Qual é seu Instagram?". Garrison disse que queria nos fotografar. Queria ali mesmo. Trocou de lugar comigo para eu ficar no sofá e pediu a George…

— … nós descobrimos quem exatamente George era? Um mordomo jovem e moderno? Mordomos ainda existem? Talvez um assistente pessoal?

— Eu achei que George morasse ali. Que era um dos donos. Ele foi tão hospitaleiro.

— Ah, que loucura. Talvez fosse.

— Pois é. Ele pediu a George para me dar uma garrafa de uísque. Eu agradeci, mas disse que estava dirigindo. Ele disse "Só estou pedindo que você segure". Eu disse "Não sei o que acho de tirarem uma foto minha segurando uma garrafa de uísque que eu nem vou beber". Ele disse "Não vai aparecer". E mandou você olhar na câmera, e você me disse que era verdade. Acho que era para me fazer sentir alguma coisa.

— E fez?

— Não sei. Tá, fez. Talvez tenha me feito sentir ousada.

— Você acha que apareceu na foto?

— Não sei dizer. Eu nem olhei.

— Por quê?

Eu balanço a cabeça. Não consigo encontrar um motivo.

— Podemos pegar em uma outra ocasião — diz ele. — Vamos em frente.

Você vai ter de se redimir. Você vai ter de se redimir.

— O que foi? — pergunta Mark. — Você parou de andar.

Acho que parei mesmo.

— Violet — digo. — Não sei como vou me recuperar disso. Ela comprou todos os meus quadros. As pessoas deviam estar fazendo perguntas sobre mim, e eu a deixei lá especulando.

— Ligue pra ela — diz Mark.

Mas não posso. Eu não suportaria ouvir a decepção em sua voz.

— Mande uma mensagem, pelo menos.

— O que eu digo?

— Pergunte onde ela está. Vá para onde ela disser.

— Mas eu estou um trapo.

— Você está linda. Vá. Deixe-a deslumbrada.

Violet, digito. *Me desculpe. Onde você está?*

Os pontinhos aparecem imediatamente. Depois, param. Mas logo voltam.

Acabei de chegar em casa.

— Ela está em casa — digo. — Não sei onde é.

— Peça o endereço.

Eu peço.

Eu prendo a respiração.

Ela me dá o endereço.

— É em Hayes.

— É perto — diz Mark. — Vamos.

Eu queria poder comprar um presente, mas todas as lojas estão fechadas, então, quando aparecemos na casa dela dez minutos depois, estou de mãos vazias.

— Quer que eu espere aqui? — pergunta Mark.

— Você está brincando? — respondo. — Você vem comigo.

— *Hummm* — diz ele, balançando a cabeça. — Isso *não* é muito romântico. Não se preocupe. Só vou embora quando você mandar.

Eu faço que sim com a cabeça e passo pelo portão sozinha. Sigo as instruções que ela mandou na mensagem, e contorno a casa até os fundos, onde tem um apartamento de um cômodo, iluminado pela noite. Bato na porta.

Ela abre.

Fico de coração partido ao vê-la. Ela ainda está com a roupa da festa, uma calça com estampa em zigue-zague e saltos, uma gravata preta fina ao redor do pescoço delgado. Se eu a visse na rua, pararia na hora, cheia de desejo, encantada.

Mas vê-la agora, quando dá um passo para trás para me deixar entrar, é demais para mim. Eu olho para as paredes. Estão vazias, exceto por algumas fotos em preto e branco penduradas. Eu chego mais perto. São todas do circo.

— Sua mãe tirou essas fotos? — pergunto.

Ela assente.

O laptop está aberto na cama, com um vídeo do YouTube pausado na imagem de um trapezista com roupa prateada em um fundo preto, pendurado na barra por uma perna.

Vim pedir desculpas, confessar. Fiz pior do que quando a abandonei. Eu nem apareci.

Mas só pergunto:

— Você sente falta? Do circo?

Ela fica em silêncio. Eu finalmente olho para ela pela primeira vez desde que entrei.

— Eu achei que quisesse ficar em só um lugar — diz ela por fim. — Construir minha vida aqui. Mas não consigo nem desfazer as malas.

Ela faz um gesto para a mala e as caixas, e entendo o que ela quer dizer. Não tem cômoda, nem mesa e nem cadeira. Só uma cama e uma pequena cozinha sem panelas nem potes nem sinal de vida.

— Não estou acostumada a ficar tanto tempo em um lugar só. Vim para cá porque achei que alguma coisa talvez estivesse me esperando. — Ela parece estar à beira das lágrimas, mas pisca para afastá-las. — Vamos sair. Eu preciso de ar.

— Tudo bem — digo. — Mas preciso dizer que Mark está lá fora. Para o caso de você querer conversar. Posso dizer para ele que precisamos de um tempo...

— Para falar a verdade — confessa ela —, não estou com vontade de conversar.

Eu a sigo para o lado de fora com a garganta apertada e os olhos ardendo.

— Oi, Mark — diz ela. — Estou de péssimo humor. Acho que a gente devia ir tomar um sorvete.

— Gosto de sorvete — diz Mark, e saímos andando, Violet nos levando para o coração do bairro onde adultos superdescolados riem em esquinas e bebem em copos de vidro em um bar ao ar livre. Nós somos os únicos adolescentes por perto.

Vejo a sorveteria ao longe, mas, antes de chegarmos, Violet para na frente de uma mulher sentada em um cobertor no chão.

— Mudança de planos — anuncia ela para nós. E, para a mulher: — Quero pagar para meus amigos.

Chego mais perto e vejo que tem um cartaz no cobertor dizendo *Tarô*.

— Não sei — digo.

— É... — Mark inclina a cabeça. — Obrigado, Violet, mas...

— Admitam — diz Violet. — Vocês dois precisam de um pouco de clareza na vida.

E apesar de eu já ter revirado a alma o suficiente pela noite, sei que não posso decepcionar Violet de novo, então pego a mão de Mark e o levo até o cobertor. De perto, a taróloga é mais jovem do que pensei. O cobertor é macio debaixo das minhas pernas e pequeno o bastante para meus joelhos tocarem os de Mark.

— Sou Kylie — diz ela. — Algum de vocês conhece o tarô?

Mark e eu fazemos que não.

— Um bom jeito de começar é com três cartas viradas. O passado, o presente e o futuro. Qual de vocês dois quer ir primeiro?

— Ele — respondo.

— Ah, não mesmo — diz Violet atrás de nós. E, para Kylie: — Kate tem um probleminha de levar as coisas até o fim.

Kylie assente, como se já soubesse. Ela segura minhas mãos, e não consigo não ficar vermelha, e, pela primeira vez esta noite, sinto frio e desejo ter trazido um suéter ou uma jaqueta ou pelo menos um lenço, alguma coisa em que me enrolar.

Ela me solta e estende a mão para as cartas, mas para.

Vira-se para olhar Mark de frente e segura as mãos dele. Inspira por mais tempo do que eu achava possível e expira com a mesma lentidão.

— Vou fazer uma leitura em conjunto — diz ela.

Eu olho para Mark. Ele dá de ombros. Espero para ouvir o motivo, mas ela só diz:

— Parece o certo.

Ela abre uma caixa dourada e pega as cartas.

— Você embaralha. — Ela pede para mim. E, para Mark: — Você corta.

Ele corta. A vidente se concentra.

— Ao virar a primeira carta, já estou sentindo dor — diz ela.

Eu gostaria de manter a mente aberta, mas somos dois adolescentes lacrimosos. *Três*, se contarmos Violet. Não é preciso de intuição para ver isso.

Ela mostra uma carta bonita: uma mulher nua e alegre, flutuando no céu, cercada de uma coroa verde.

— Ah, sim — diz ela. — *Cara*. Esta carta é o Mundo.

— Não entendi — diz Mark. — Parece uma coisa boa.

Mas a carta, apesar de bonita, me enche de tristeza.

— Está de cabeça para baixo — digo.

Ela assente.

— Um Mundo invertido — explica ela. — Sem encerramento. Muita coisa que não foi dita e não foi feita. Sabe, estou sentindo esta carta me puxando para você, Kate.

Ela olha para mim.

— Você anda se segurando.

Minha garganta se aperta de dor, mas também de raiva.

— É, bem, você acabou de saber que sou ruim em levar as coisas até o fim.

Ela não responde.

— *Certo* — digo. — E o que devo fazer em relação a isso?

Ela vira outra carta. Desta vez, tem uma mulher vendada e amarrada, com armas ao redor.

— Não pode ficar mais claro que isso — declara ela. — Vocês dois estão sofrendo. Vocês se sentem presos. — Ela se vira para Mark. — Seu coração — ela coloca a mão sobre o coração dela — está partido, e você não sabe como ir em frente.

Mark me lança um olhar cético, e tenho de concordar. Um coração partido é uma conclusão fácil para se tirar sobre um garoto adolescente com dentes bonitos e roupas arrumadas, mas com expressão de desespero.

— Ela é uma pessoa de quem você é próximo há muito tempo — diz ela. — Consigo saber pela profundidade da dor.

Fico confusa, mas o sorrisinho de Mark esclarece: Kylie é só uma mulher de fantasia, falando com um garoto qualquer sobre seu amor por uma garota. Deve fazer isso nas férias para juntar dinheiro para a faculdade.

— Vocês dois, olhem com atenção — diz ela. — Essa figura está amarrada e vendada. Parece presa, mas não está.

— Ela está cercada de espadas — diz Mark. — Parece mesmo que está presa.

— Mas olhe. As espadas não a contornam toda, e só seus braços estão amarrados. Se ela confiasse nela mesma para partir pra outra, conseguiria passar. Esta carta é um aviso para vocês dois. Vocês não podem se permitir serem aprisionados pela dor.

— Certo — digo. — Se você descobrir que está no inferno, siga em frente. Esse parece ser o tema da noite.

Ela diz:

— Pode ser. Ou, talvez, se você achar que está no inferno, abra os olhos. O que você vai ver pode surpreender.

Ela toca a última carta, prestes a virá-la.

— Esta vai nos dizer sobre o futuro de vocês. Estão prontos?

Nós assentimos.

E ela a vira. Apesar de eu não acreditar, apesar de Kylie ser só uma menina bonita contando histórias, fazendo um jogo com nossas vidas, o medo toma conta de mim.

Na carta tem uma torre sendo atingida por um raio, chove fogo em um céu preto. Dois homens mergulham para fugir das chamas, despencando no chão rochoso abaixo. Eu estava esperando uma carta sobre força ou paz, Kylie citando as palavras de encorajamento favoritas de todo mundo: *Sim, o momento está difícil agora, mas vocês vão encontrar o caminho.* Mas estou cara a cara com um desastre.

— Tudo bem. A Torre. É uma carta poderosa — explica ela
— É — diz Mark. — Dá pra ver. — A voz dele está trêmula.
— Não tenha medo — aconselha ela. — Ou melhor, tá, tudo bem: tenha medo. Não tem problema ter medo. Me deem um segundo. Preciso pensar.

Ela volta para o começo, nosso Mundo de cabeça para baixo, segue para o Oito de Espadas e vai até a Torre novamente.

— Sou nova nisso — diz ela. — E consigo entender que essas cartas podem parecer assustadoras. Elas *são* assustadoras. Mas vejam vocês dois. Vocês estão com uma aparência péssima. Parecem tristes e com medo. Não precisam que as cartas digam. Então, se seguirmos o caminho que elas estão mostrando, podemos ver que a torre é necessária. Algo profundo precisa acontecer. Algo precisa mudar, e vai mudar *em breve*. Vocês talvez já saibam o que está por vir. Vai abalar vocês. Vai mudar seu mundo. Mas, depois que a torre queimar até o chão e vocês saírem das pedras e o fogo se apagar e a noite passar, vai ser manhã de novo.

"Mark — diz ela. — Você acha que está sozinho, mas tem alguém no horizonte. Vejo amor, amor *recíproco*, no seu futuro próximo. Não vem direto da carta, mas é um sentimento que estou tendo. É alguém que você conhece, mas não espera. Ela não é quem você pensa que é. E, Kate, aquela mulher com a venda? É você. Mas veja que os pés dela não estão tocando o chão. Você está tão perto de ser livre."

— É disso que tenho medo — afirmo.

— Eu sei — diz ela. — Eu sei. Mas mudar exige coragem.

Ela relaxa, como se tivesse terminado, mas volta a se inclinar para a frente e olha para as cartas.

— Tem um pensamento chegando — diz ela.

Nós esperamos.

De repente, o rosto dela se ilumina.

— *Ele* — diz ela para Mark. — Me desculpe, eu simplesmente supus. Não estava ouvindo com clareza suficiente. *Ele* não é quem você pensa que é.

Violet dá quinze dólares para a mulher, e Mark se levanta, mas eu demoro um pouco mais para me recompor. Finalmente, fico de pé. Tento resgatar meu ceticismo, mas não consigo. O que quer que tenha acontecido, parece real, e, quando me viro, consigo ver que é real para Violet também.

Ela me encara, a tristeza intensificada.

— Parece que você tem algumas coisas para resolver — diz ela. — Não quero atrapalhar.

Eu devia dizer que ela entendeu tudo errado. Devia mentir e dizer que não acredito em nada daquilo. Devia dizer *Mesmo que eu acreditasse, você jamais atrapalharia*. Quero voltar para o apartamento dela, para o momento em que ela disse que achava que alguma coisa a estava esperando aqui. *Eu estava*, eu devia dizer. *Ainda estou*.

Mas demoro demais para dizer alguma coisa, e ela dá significado ao meu silêncio. Ela assente. Força o mais triste dos sorrisos.

— Me avise quando tiver resolvido — diz ela, e se vira de costas para nós e sai andando de volta para casa.

QUARTA-FEIRA

15

— Você acha que é ele? — pergunto, pela décima primeira vez em cinco minutos.

A aula ainda não começou. Estamos sentados no capô do carro de Katie, tomando café e observando os garotos entrarem na escola.

— Mackenzie Whittaker?

— Aposto que, por trás daquele exterior turbulento de quem ama feira de ciências, ele é um gatinho. Nem um pouco como acho que seja.

— Sobre o que vocês dois conversariam?

— Ciências. Conversaríamos sobre ciências. Ciências quentes e pesadas. Ciências da *terra*.

— E ele?

Ela gesticula na direção de Ted Lee, um cara de meu time de beisebol.

— Hétero.

— Tem certeza?

— *Hétero.*

— Você já pensou nisso, não foi?

— Já — admito. — Já pensei nisso. Alguns dos pensamentos foram bem detalhados. Mas a resposta continua a mesma. Ele é hétero.

— Eu odeio essa palavra. *Hétero*. No mínimo, os que não são hétero deviam ser chamados de *similares*. Ou de *paralelos*. Na verdade, gostei disso. "Você acha que ela é hétero?" "Ah, não. Ela é *paralela*."

— Sabe o que eu odeio?

— O quê?

Eu olho para Ted, que está muito lindo.

— Odeio o fato de começarmos tudo com essa rodada de qualificação. Ele é ou não é? Se eu gostasse de garotas, não haveria isso. Bastaria ir pra cima, pois as chances estariam a meu favor. E, se a garota por acaso fosse paralela, a reação seria só algo do tipo *ops*.

— Mas e se o cara que você acha que é hétero *não for quem você pensa que é?* — Katie diz isso como se fosse aluna da escola de treinamento para videntes.

— Sabe — digo, me encostando no para-brisa e tomando um gole de café. — A gente deveria ter um programa matinal. Só eu e você no capô de um carro, falando sobre todo mundo que passa. Seria um sucesso.

— E Diego? Ele é *paralelo*.

Apesar de saber de quem ela está falando, meu olhar segue na direção dele. Mas me arrependo, porque ele percebe, e há um momento constrangedor antes que vire o rosto.

— Ah — diz Katie. — Interessante.

— Ele teve uma paixonite por mim — explico. — Por um tempo. Quase o ano inteiro. Me convidou pra sair. Três vezes.

— E por que você não aceitou? Ele é demais.

— Porque eu estava com outra pessoa. Só que não podia dizer pra Diego que estava com outra pessoa. Então, não tive escolha. Fui um babaca com ele.

— Você *o quê*?

— Banquei o babaca. Eu o dispensei. Fingi que ele não estava perguntando aquilo. Fiz parecer que eu era um cretino convencido, para que ele não achasse que havia alguma coisa errada com ele. Tentei muito fazer com que ele ficasse na zona da amizade. Você não faz ideia.

Não conto que ele chorou. Não seria justo. Mas ele chorou. A terceira vez foi a pior. *Eu não entendo*, ele ficava dizendo. E o que eu podia fazer? *Eu só quero você como amigo*, falei sem parar, até ter dificuldade de entender também. Quando dizemos algo muitas vezes, passa a ser apenas palavras.

— Me desculpe — diz Katie.

— Não é culpa sua.

— Também não é sua.

— Mas é, não é?

— E de Ryan. Indiretamente, de Ryan.

— Mas ele nunca me pediu pra fazer isso, sabe? Acho que teria ficado feliz se eu tivesse saído com Diego. Teria ficado empolgado. E eu teria ficado arrasado de vê-lo tão feliz por esse motivo.

Katie faz umas contas em pensamento.

— Então, durante todo o tempo que você ficou com Ryan, não houve mais ninguém?

— Nunca houve mais ninguém. Ele foi o único. E você?

— Sabe aquele estereótipo de que lésbicas se casam depois do primeiro encontro?

— Isso é um estereótipo?

— Compromissadas com o compromisso; nós somos assim. Só que eu pareço ser o controle desse experimento com meu coração de placebo. Eu raramente chego ao fim do primeiro encontro. À primeira meia-hora, talvez. Aí... eu não gosto muito delas. E não gosto muito de mim mesma quando fico tentando impressionar. Então, eu paro. Fujo enquanto posso. E, claro, desejo com sofrimento a garota que não posso ter.

— Até que ela, claro, abandone o circo e venha para a cidade.

— Qualquer coisa assim

Ficamos sentados em silêncio por um momento. Tenho certeza de que Katie está pensando na forma como a noite terminou, e não sei se quero continuar especulando sobre garotos. Porque levanta a questão sobre o que eu faria se encontrasse o garoto certo.

— Olhe! — diz Katie. — Lá vem um convidado muito especial! Meu ex!

É Quinn Ross quem se aproxima; Quinn Ross, o grande rival de Ryan na poesia e editor de nossa revista literária "underground" da escola.

— Você namorou Quinn Ross?

— Namorei. No terceiro ano. Durante duas semanas. Fez com que nós dois virássemos gay.

— Oi, Katie gatinha — cantarola Quinn, quando chega até nós. — E oi, Markus. As aulas estão terminando, e vocês dois parecem estar desistindo. Me desculpe por não ter ido ao seu negócio na galeria ontem à noite. Estou trabalhando de voluntário no Angel Project, no Castro. É uma semana agitada para nós em relação a arrecadação de dinheiro. Que todas as pessoas venham comemorar o Orgulho Gay; mas, quando elas forem embora, ainda vai haver adolescentes sem-teto, e eles ainda precisarão de ajuda. Ei, vocês deviam ir até lá hoje. Estou organizando um slam de poesia.

— Talvez — diz Katie se esquivando. — A gente tem de fazer umas coisas primeiro.

Espero que isso queira dizer que ela vai ver Violet. Mas não digo nada na presença de Quinn. Ele é ex dela, afinal.

— Bem, espero vê-la por lá — diz ele para Katie. Em seguida, se vira para mim e diz: — E espero *mesmo* ver você.

— Hã... claro? — respondo.

Quinn ri sozinho e sai andando.

— Não tenho certeza se gosto dos seus ex — confesso para Katie.

— Quinn? Ele é inofensivo. Só ladra, mas não morde. — Ela olha para o celular. — Odeio dizer isso, mas a gente devia entrar. Seria ridículo sermos reprovados por falta em pleno mês de junho.

— Você vai ligar para ela?

— Sim. Não. Uma das duas opções.

— Me prometa. Quando nos encontrarmos aqui depois da aula, você vai ter se comunicado com ela de alguma forma.

— Não. Não posso prometer. Porque não quero quebrar nenhuma promessa que faço pra você, e não tenho certeza se posso cumprir essa.

— Você devia ligar pra ela. Devia tentar explicar.

— Eu sei. Vou fazer isso. A não ser que ela não queira conversar. Eu não a culparia por isso.

— Não, mas vai culpar a si mesma.

Ela desce do capô do carro. Pega a bolsa no banco de trás. Diz "eu sei" mais uma vez e entra na escola.

Ryan me encontra antes do almoço.

— Isso não é legal — diz ele.

Estou em frente ao meu armário. Encurralado.

— O que não é legal? — pergunto tolamente.

— Esse gelo que você está me dando. Essa expressão de pavor no seu rosto agora. O jeito como você age, como se fosse tudo culpa minha.

— Eu nunca falei que era culpa sua.

— É como se tivesse falado. — Ele para, olha para o chão e depois olha para mim. — Você desapareceu ontem à noite.

— Eu estava lá nos fundos. Se você tivesse me procurado, teria me encontrado.

— Mas você não queria que eu procurasse, queria?

Agora, é minha vez de olhar para o chão e ser sincero.

— Não.

— Exatamente. Isso não é legal.

Ele para, e sei que é porque tem gente passando no corredor. Pessoas que poderiam ouvir.

Quando é seguro, ele continua.

— Vi você conversando com Quinn hoje de manhã. Foi meio surpreendente.

— Não foi nada. Ele é ex de Katie.

— Bem, tenho certeza de que ele falou sobre o slam de poesia. — Ele tira um folheto do bolso e desdobra. *A Juventude Queer Se Pronuncia*, está escrito no alto. — Não é muito sutil. Eles até imprimiram em papel cor-de-rosa, só para o caso de não captarem o fato de que era gay. — Ele leva o papel ao nariz e inspira. — Hummm... tem cheiro de Whitman.

— Você vai?

— Sim, acho que vou.

— Vai ler? — pergunto, apesar de saber que a resposta vai ser não. Os poemas gays de Ryan vivem em um lugar bem particular.

— Pode ser.

Ah.

— Pode ser?

— O que pode ser, pode ser. — Ele sorri. — Você vai ter de aparecer e ver.

O que ele está me dizendo? Não sei o que ele está me dizendo.

— Taylor vai estar lá, e acho que alguns dos amigos dele vão estar lá. Você devia se juntar a nós. Se eu decidir ler, quero que minha torcida seja maior que a de Quinn.

Quero estar no controle. Não quero que ele veja o que realmente estou sentindo. Mas meus muros não são tão altos no que diz respeito a ele. A verdade voa por cima.

— Bem, se Taylor vai estar lá, você não precisa de mim, né? — digo com rispidez.

E os muros de Ryan também devem estar baixos, porque ele segura meu braço bem ali no corredor, onde qualquer um poderia dobrar a esquina e ver.

— Só vou dizer isso uma vez, tá? Eu gosto do Taylor. Estou empolgado com Taylor. Talvez queira namorar Taylor, se tudo correr bem. Mas conheço Taylor há um total de uns cinco segundos e conheço você desde que as montanhas foram criadas e os rios se formaram. Sei que nossa situação está esquisita agora, mas quero que você saia dela e esteja ao meu lado. Taylor é um garoto, e você é meu melhor amigo. Taylor é uma data, e você é meu calendário. Entendeu?

Eu sei que devia dizer que entendi. Sei que devia entender. Mas ainda tem uma parte de mim que odeia o quanto é fácil para ele dizer essas coisas. Ele quer colocar em perspectiva, mas é sempre sua própria perspectiva.

Além do mais, não quero um melhor amigo se também não posso ser um garoto aos seus olhos. Não quero ser a data se não puder ser o calendário de alguém.

— Você vai mesmo ler? — pergunto. — Em público?
Ele sorri.

— Você às vezes é tão Denis Desmemoriado. Como eu falei, você vai ter de *aparecer e ver*. Talvez você não seja o único capaz de dançar no bar... por assim dizer.

Ele me pegou e sabe direitinho que deve partir antes de me perder. O resultado é uma confusão na hora de fechar o armário. Não tenho vontade nenhuma de seguir com ele para o almoço, então volto para a biblioteca. Noto Dave Hughes sentado à mesa sozinho. Ele me vê chegando e abre espaço.

— Você vem sempre aqui no almoço? — pergunto depois que me sento.

— Não. Agora é meu tempo de estudos. Sou do terceiro grupo de almoço.

— Entendi.

Vejo que ele está com a seção de esportes na mesa, e ele faz sinal de que posso pegá-la. Em seguida, volta para o que estava fazendo no laptop.

Uns cinco minutos depois, ouço uma coisa que parece um *Pssst*. Ignoro, mas ouço de novo. Levanto o olhar.

— *Pssst*.

Os olhos de Dave não saem do laptop, mas ele me diz:

— Está vindo de uma garota nas estantes daquele lado.

Só consigo ver a mão de alguém, o indicador fazendo sinal para eu ir até lá.

Não reconheço a mão, mas, quando entro na área de estantes, reconheço o rosto da amiga de Katie, June.

— Nós nunca conversamos e nunca nos vimos. Isso nunca aconteceu, tá? — começa ela.

— Claro.

— Se Lehna me pegar aqui, não vai ser legal. Ela é assim. Mas não estou escolhendo lados. Não mesmo. Não quero que haja lados, entende? Ninguém me pediu. Ninguém disse: "Ei, você se importa se nos dividirmos em lados?". Sabe o que é um saco? Ter amigos que não estão sendo bons amigos uns com os outros. Isso é um saco mesmo. E sei que eu devia estar falando com Kate, mas, se eu falar com Kate, vou estar escolhendo um lado, então vou falar com você, e se você acabar falando com Kate, não é minha culpa, é?

— Não — respondo. — Nem um pouco.

— Que bom. Porque Kate precisa tomar cuidado. Muito cuidado. Lehna está com muita raiva. E, no começo, era só Lehna sendo dramática, mas agora o motivo é sério, porque Lehna acha que Kate está brincando com Violet. Brincando *de verdade* com os sentimentos da prima. Nós todos vimos Violet na exposição ontem à noite, e Violet estava "Qual é a de Kate?", e Lehna falou "O que ela fez com você?". Violet disse que Kate deu um cano nela e que estava sendo iludida... Não, não foi isso. Não iludida. A palavra que quer dizer bancar a difícil. Ela disse que Kate estava sendo isso e que, apesar de entender que tudo estava sendo, uau, repentino, ela não ia ficar esperando para sempre que Kate se concentrasse. E Lehna... ah, meu Deus, Lehna. Lehna falou: "Ela não vale a pena se está fazendo isso com você". E ela está certa, né, porque ninguém deve tratar ninguém assim. Mas também está errada, porque estamos falando de Kate, e todos sabemos que Kate só está agindo assim porque está com medo. Ou pelo menos acho que nós todos sabemos disso. Só que deixa de ser uma boa desculpa depois de um tempo. E o que estou tentando dizer é, sabe que hora deixa de ser uma boa desculpa?, essa hora é agora. Lehna já tem certeza. E Violet está chegando lá. Então, você tem de dizer para Kate fazer alguma coisa. Fazer alguma coisa mesmo.

— Mas eu *falei* para ela fazer alguma coisa. Hoje de manhã mesmo.

June gruda um olhar em mim, e é como descobrir que a Hello Kitty não tem boca porque *consegue transmitir palavras direto para sua mente.*

— Bem, se esforce um pouco mais — pede ela. — Nós vamos todas ao Exploratorium hoje à tarde. Se você e Kate conseguirem ir, posso distrair Lehna para que Kate e Violet conversem sozinhas. É agora, é a última chance dela. Me dê seu número.

Eu digo meu número para June, e ela digita no celular. Em seguida, me liga para eu ter o dela.

— Pronto — diz ela. — Lembre-se: nós nunca tivemos essa conversa.

— Você não quer escolher lados.

— Isso. Só quero que todos os meus amigos sejam felizes. E, às vezes, você tem de fazer isso com um amigo de cada vez.

* * *

Sei que devo inventar um motivo para Katie e eu irmos ao Exploratorium. É um lugar divertido, então não seria difícil dizer que preciso da animação oferecida por um museu interativo de ciências. E aí, surpresa! Vamos esbarrar com Violet por lá.

Uma mentirinha. Eu podia enganá-la com facilidade.

Mas não quero que nossa amizade seja assim.

Então, me sento ao lado dela no começo da aula de matemática e digo:

— Sei onde Violet vai estar esta tarde, e acho que devíamos ir até lá.

Kate suspira.

— Como você obteve essa informação?

— Um passarinho me contou. E não vou dizer mais que isso. Eu prometi.

Katie assente.

Continuo.

— Além do mais, descobri que Ryan vai estar no lance de poesia de Quinn. — Eu conto sobre a conversa que tive com Ryan e de como me senti esquisito.

— E você quer ir? — pergunta Katie, quando termino. — Acha que ele vai ler?

— Não sei. E também não sei. E você? Quer ir ao Exploratorium?

Nosso professor está limpando a garganta, esperando que façamos silêncio para poder começar.

— Voltamos a falar disso depois — diz Katie.

Nós sobrevivemos à aula. Estamos no fim do ano letivo; não existe motivo verdadeiro para prestar atenção além de gentileza com o professor, que faz o de sempre.

Assim que o sinal toca, me viro para Katie em busca de resposta.

— Sim — declara ela. — Mas só porque é o Exploratorium.

Fui tantas vezes ao Exploratorium com meus pais e em passeios da escola quando criança, mas a última vez foi com Ryan.

Foi um de nossos primeiros passeios na cidade sozinhos, e por duas horas não me preocupei se éramos namorados ou melhores amigos, nem se alguém ia nos ver, nem se era o momento em que tudo se encaixaria. Não; durante duas horas, voltamos a ser crianças, a correr e a brincar. Fizemos atividades com ondas sonoras e roldanas. Pixelamos nossas imagens e dançamos enquanto um projetor nos transformava em sombras em uma tela colorida de caleidoscópio. No final de uma exposição sobre arte criada em um hospício do século XIX, fomos até a caixa de comentários e encontramos um bilhete escrito por um garotinho. *Eu perdi minha tartaruga. O nome dela é Charles.* Durante semanas, fingimos estar procurando Charles.

— Ele não pode ter ido tão longe — dizia eu.

— Talvez a gente devesse tentar o posto Shell — respondia Ryan.

Acabamos nos esquecendo de Charles e mudamos para outras piadas internas, outras referências a coisas que compartilhamos e continuamos a compartilhar.

Charles ainda está por aí, penso agora. *Deve estar entrando naqueles anos constrangedores de adolescência de tartaruga ninja agora.*

Não me viro para Ryan e digo isso porque não é Ryan que está comigo. É Katie, e ela não teria ideia sobre o que eu estaria falando. Eu poderia explicar a ela, mas não seria a mesma coisa.

Sinto como se tivesse perdido metade das histórias que sei.

Ouço Katie respirar fundo; estamos chegando à porta. Não vou perguntar se tem certeza de que quer fazer isso, porque não quero dar a ela a chance de dizer não.

Mando uma mensagem para June e aviso que já estamos aqui.

Recebo uma resposta quase instantaneamente.

Encontrem Violet perto dos espelhos.

Kate

16

Não consigo encontrar os espelhos.

Já olhei o mapa, mas tem tanta coisa para descobrir aqui que é praticamente inútil. Mark me disse que esperaria na sala das sombras. Disse que ficaria lá por um tempo, para o caso de eu precisar dele, e que, se eu não o procurasse, tudo bem. Seria uma coisa *boa*.

— Só… não esqueça o slam de poesia, tá?

— Claro.

— Eu preciso muito de você lá.

— Estarei lá.

— Tudo bem. Vou ficar aqui por um tempo, acho. Minha sombra tem potencial infinito.

O relógio na sala começou a contagem regressiva, e ele entrou. Eu o vi pular, com o braço esticado, como se estivesse pegando uma bola no ar, e a luz brilhou e tudo ficou escuro de novo.

E agora, estou andando pelos setores, procurando os espelhos. Tem crianças e adultos, turistas e membros do museu, e todos estão brincando. Todos estão envolvidos ou à vontade, e eu queria poder me juntar a eles, mas preciso encontrá-la.

Ainda não sei o que dizer. Não sei o que vou fazer. Mas o que *sei* é que a voz de Kylie está na minha cabeça desde a noite de ontem, e ela está certa. Sou eu que estou me segurando. Sou eu que posso fazer tudo mudar.

Eu passo por pessoas apertando botões o mais rápido que conseguem, vendo números aumentarem em uma tela acima. Passo por um cara olhando o próprio reflexo. Passo por pessoas usando fones de ouvido, e por um grupo de crianças segurando ímãs acima de uma mesa enorme. Mas paro de repente porque vejo Lehna e June e Umma. Lehna está de costas para mim, graças a Deus, mas June me vê e arregala os olhos. Lentamente, levanta a mão na lateral do corpo e aponta para o corredor. Dou um aceno em agradecimento silencioso e sigo para o meio de um grupo de turistas para passar por elas.

E ali está, finalmente, Violet, em frente a um espelho gigante. O reflexo dela está de cabeça para baixo. Quando me aproximo, eu também apareço ali.

Ela dá um sorriso de cabeça para baixo.

Eu franzo a testa de cabeça para baixo.

Não para ela, para mim, pelo jeito como ando agindo.

Meu celular toca no bolso. É June.

Rápido! Estamos indo na sua direção! Estou tentando enrolar!

Seguro a mão de Violet e a levo para longe, para fora da área do museu que tem a ver com sons e luzes, para um espaço mais verde, onde o ar está mais frio. Ao redor de nós há tanques gigantes cheios de estrelas-do-mar e corais e anêmonas, e árvores viradas com as raízes no ar, e as plantas mais verdes.

Eu a solto, mas ela segura minhas mãos.

— Por que você está aqui? — pergunta ela.

— Para ver você — respondo.

— Mas ontem à noite — diz ela. — Quando te dei oportunidade de pular fora, você aproveitou. Você anda sendo tão vaga.

— Você está certa — concordo.

— Por quê? — pergunta ela. Eu abro a boca para responder, mas ela diz: — Não responda ainda. Me deixe dizer por que estou perguntando.

Eu faço que sim, os joelhos bambos. Até ser silenciada por Violet é incrível. Até ouvir coisas difíceis é, e sei que o que ela vai dizer é difícil pela forma como ela não sorri, pelo franzido nas sobrancelhas perfeitas, pela forma como ela afasta o olhar e decide com que palavras começar.

O que quer que ela me diga, eu mereço. Se me chamar de volúvel, eu vou saber por quê. Se me disser que não pode continuar, vou entender. Mas pode ser que me deixe arrasada.

— Estou perguntando — diz ela — porque não quero *nada* vago.

Ela balança a cabeça. Tem lágrimas nos olhos, e vejo o quanto a magoei. O quanto ela merece coisa melhor.

— Eu me entreguei a você — diz ela. — Comprei uma rosa, mas você não me deixou entregar. Apareci na galeria só para ver seus quadros, mas vi uma coisa melhor... eu vi *você*. Nós nos conhecemos. Finalmente! E você era tudo que eu queria que fosse. Então, comprei os quadros! Fui tão impulsiva, o que não é de meu feitio, mas queria fazer uma coisa grandiosa. Queria deixar você nas nuvens. E depois, as risadas nas ruas com você e com Mark. A conversa no jantar. Aquela caminhada. Aquele *beijo*...

Eu tento falar de novo, mas ela balança a cabeça.

— Eu ainda não terminei — diz ela. — Não quero nada vago. Se lembra de Lars e seu poema? Eu quero um amor assim. Puro e verdadeiro. Quero com você. Apesar de poder parecer maluquice, é parte do motivo de eu ter voltado. Nós nunca trocamos mensagens nem conversamos, mas achei que tínhamos uma ligação mesmo assim, e achei que eu talvez pudesse encontrar aquele tipo de amor com você. Mas, se você não quiser, se *isso* for como você é, sempre fugindo ou não aparecendo, se eu não for quem você achou que eu seria, vou procurar com outra pessoa.

Tem lágrimas nas suas bochechas agora, mas ela está dando de ombros, deixando claro que tudo bem partir pra outra. E é claro que tudo bem. Quer dizer, *olhe* para ela. Ela poderia encontrar outra só de andar na rua.

— Pronto — diz ela. — Agora eu terminei.

— Tudo bem — digo. — E eu estou começando.

Eu respiro fundo. Olho nos olhos dela. Desejo poder segurar o rosto dela e beijá-la, mas sei que ela precisa de mais que isso agora. Apesar de querer dar tudo a ela, aprendi o suficiente nos últimos dias para só prometer o que sei que posso dar.

— Não quero decepcionar você de novo — digo. — Não quero ser vaga. Ontem à noite, eu estava cética quando você pagou a leitura de cartas, mas tudo que Kylie disse fez sentido. Durante toda a noite, durante todo o dia, fiquei vendo essas cartas e me perguntando o que significam para mim. Eu *sei* que estou me segurando. Sei que alguma coisa precisa mudar e que sou eu quem tem de fazer essa mudança. E sei, eu *sei* que, se você for paciente comigo, o que vou encontrar do outro lado quando as torres estiverem queimadas até o chão vai ser você.

Ela parece querer acreditar, mas o rosto se fecha de novo.

— Talvez eu tenha ido rápido demais para você — diz ela.

— Talvez tenha sido burrice beijar você daquele jeito.

— Não — digo. — Foi incrível. Foi o momento mais romântico da minha vida. Eu o repassei milhares de vezes desde que aconteceu. Quero beijar você de novo. Acredite em mim. Eu quero beijar você *agora*, mas você merece ser beijada por uma pessoa com a cabeça no lugar. Então, vou botar a cabeça no lugar, e depois, se você ainda me quiser, vou beijar você.

Ela inclina a cabeça; um sorriso surge.

— E até lá? — pergunta ela.

— Não deve demorar. Foi o que Kylie disse, certo? Até lá, não sei. Vamos ficar juntas. Tem um slam de poesia esta noite...

— É, todo mundo vai — diz ela.

— Quer ir comigo?

— Claro — responde ela.

— Ah, e com Mark também.

Ela ri.

— Que bom que Mark é tão encantador.

Ela segura minha mão.

— Tudo bem fazer isso? — pergunta ela, e morde os lábios, olha para minha boca. Passa o polegar pela palma da minha mão. — Preciso de alguma coisa para me consolar até você estar pronta para mais.

Meus joelhos ficam fracos de novo. Estou prestes a perder a determinação.

Nessa hora:

— Hã, *oi*?

Meu corpo fica tenso. É Lehna. Claro. June e Umma, ambas de olhos arregalados, estão logo atrás dela.

Vou me afastar de Violet, mas ela segura minha mão.

— Vejam quem eu encontrei! — diz ela.

Sua voz está tão animada.

— Uau! — diz Lehna. — Que coincidência.

O rosto de June fica vermelho. Ela tem sorte de Lehna estar olhando para nós, e não para ela.

— Você veio para cá por acaso? — me pergunta. — Sozinha?

— Mark também está aqui.

— Acho que eu devia ter me tocado disso.

Acho sinistra a forma como ela fala, toda alegre e agradável, quando sei que não se sente nenhuma dessas duas coisas.

— Nós vamos fazer o jogo do botão — diz Umma. — Uma partida nova começa em três minutos. Querem ir?

— Eu preciso procurar Mark — respondo.

— Violet? — diz Lehna.

— Vou ficar com Kate esta noite. Ela também vai ao slam, então podemos nos encontrar lá.

O rosto de Lehna é tomado de choque, mas ela o transforma em sorriso.

— Ah! — diz ela. — Uau! Que bom pra vocês!

E agora eu percebo o que está acontecendo. Violet não sabe que tem alguma coisa errada entre nós. Lehna, por algum motivo, anda fingindo que ela e eu estamos bem, quando não estamos nada bem. Estamos mal o bastante para que o horror esteja surgindo até nesse momento, até com Violet se aproximando de mim.

Um apito soa em outra parte do museu.

— Vai começar! — diz June. — Temos de encontrar botões disponíveis.

Lehna assente.

— Certo — diz ela. — O jogo do botão. Bem, divirtam-se, vocês duas. Me mandem mensagem mais tarde.

E elas se afastam de nós, voltam para o meio das pessoas.

— É impressão minha, ou Lehna estava meio esquisita? — pergunta Violet.

— As coisas entre nós andam meio... tensas — respondo.
— Por quê?
— Não sei. Por vários motivos. Vai ficar tudo bem.
— Certo — diz ela, mas parece insegura.
— De verdade — asseguro. — Vou resolver as coisas com ela, mas não agora. Vamos procurar Mark.

Ela assente, e seguimos de mãos dadas até a sala das sombras. No caminho, passamos por um grupo de pessoas em um dos stands de botões. Elas apertam seus botões freneticamente, alguns vermelhos, alguns azuis, enquanto outros ao redor acompanham a pontuação na tela e comemoram.

— O que é o jogo do botão? — pergunta Violet.
— Tem pessoas em stands assim por todo o museu. Você tenta fazer sua cor ganhar.
— Ganhar em quê?
— Nada, na verdade. Só na quantidade de apertos.
— Qual é o sentido disso?
— Exatamente — digo. — É um fenômeno social, sei lá.

Eu vejo Mark do lado de fora da sala das sombras.
— Cansou? — pergunto.
— Não — responde ele. — Só estou deixando a sombra de outras pessoas terem oportunidade de brilhar.
— Que gentil de sua parte — diz Violet, e o sorriso dela seria de partir o coração, só que não tenho motivo para ficar de coração partido. Então, é gloriosamente lindo. Espetacularmente lindo. Não consigo parar de olhar para ela de tão lindo que é.

— Então aparentemente as coisas foram bem — diz Mark para mim.

— Estou trabalhando nisso — digo, olhando para Violet. — Estou tentando me redimir.

— E ela está se saindo bem?

— Até o momento, sim — responde Violet.

— Fico feliz, porque você é claramente a garota para minha amiga.

— Mas, e *você*? — pergunta Violet. — Primeiro era "eu lutaria por você", "eu preciso de você", e agora, desde ontem à noite, tem uma pessoa nova no horizonte.

— Ela foi bem convincente, não foi? — diz Mark. — Quero dizer, eu não estava acreditando, mas agora não consigo tirar isso da cabeça. Parece...

— Verdade — diz Violet.

Mark assente.

Eu digo:

— Ficamos de olho nos caras paralelos da escola.

Violet ri.

— Paralelos. Adorei isso.

— E esta noite tem o slam de poesia. Katie já convidou você?

— Convidou, e eu aceitei.

— Ryan vai estar lá.

— Oh-oh.

— Mas outros caras também.

— Caras paralelos — diz Violet.

— É. A maioria dos caras lá vai ser de paralelos.

— Excelente.

— Mas, antes de irmos — diz Mark —, precisamos tirar uma foto das sombras de nós três.

Nós entramos na sala e fazemos poses, esperando o resto das pessoas perderem o interesse. Uma a uma, elas saem, até ficarmos só nós três. Está escuro, e o relógio está fazendo a contagem regressiva de trinta segundos.

— Vamos fazer uma corrente — diz Violet. — Vamos esticar os braços e tocar os dedos.

Ela anda até um dos meus lados, e Mark anda até o outro. Esticamos os braços como asas, nossos dedos se tocando nas pontas.

— Trinta segundos — diz Mark.

Isso não parece a carta com a torre em chamas. Corri um risco, pedi a Violet para confiar em mim. Mas não pulei de uma construção em chamas e nem caí em pedras. Não virei minha vida de cabeça para baixo.

— Vinte e cinco!

O que eu poderia fazer que seria tão dramático? Que mudaria minha trajetória, que me libertaria?

— Dez! — diz Mark.

— Fiquem firmes! — diz Violet.

Meu coração está tão pleno.

Isso é o certo. Essas duas pessoas lindas. Nossos dedos se tocando, a contagem regressiva que fazemos juntos.

— Cinco segundos! — diz Mark.

— Meus braços estão doendo! — diz Violet.

Meus braços também estão doendo, mas eu os deixaria esticados assim por muito mais tempo se significasse que poderíamos ficar ali. Se eu pudesse tê-los ao meu lado e a formatura não fosse em poucos dias e o verão não fosse fugaz.

— Três! — diz Mark.
— Dois! — grita Violet.
— Um! — gritamos todos.

Um brilho de luz.

Abaixamos os braços.

Damos um passo à frente para ver o que vai ficar na parede.

Alguns segundos se passam até que nossas sombras apareçam, uma corrente perfeita de três. E, nesses segundos, entre a escuridão e a luz, descubro o que preciso fazer.

17

Cinco noites antes, Katie e eu estávamos andando por uma mansão lotada, e eu me senti mais perdido que em qualquer outra ocasião da minha vida. Eu me senti um farsante, um invasor, um penetra, a festa sendo o que os ricos e famosos conheciam como vida. Não importava que as pessoas estavam me chamando de lindo, me oferecendo bebida e propostas junto dessa bebida. Não importava que fingir fosse o objetivo. Não importava que Katie estava ao meu lado, tão deslocada quanto eu. Eu sentia que todos estavam fazendo minha vontade. Sentia como se pudessem ver o quanto eu estava apavorado e que, assim que eu saísse, ririam e balançariam a cabeça.

Agora, estamos em um lugar completamente diferente, mas ainda não encontrei o equilíbrio. Estamos no salão de recreação de um pequeno centro comunitário, com garrafas de plástico de suco de cranberry e Sprite ocupando o lugar de champanhe, vodca e gim. O teto e as paredes estão cobertos de fitas cor-de-rosa e roxas, e mais de dez mesas foram organizadas em um semicírculo ao redor de um palco improvisado; basicamente, um microfone com pé e uma área vazia ao redor.

Ryan está sentado a uma das mesas com Taylor e os amigos. Não quero olhar para Taylor com atenção, mas não consigo afastar o olhar. Ele age com segurança e dança de um lado para o outro, mas mantendo uma das mãos no braço de Ryan, o tempo todo. É estranho vê-los, principalmente ver a dinâmica dos dois juntos. Fica evidente que Ryan é o mais novo, o menos experiente, o novato no relacionamento. Taylor está cuidando dele.

Não estou acostumado a ver Ryan assim.

Ele não me vê imediatamente. Fico para trás, olho para Katie e Violet. Não tenho ideia do que elas estão dizendo uma para a outra, mas o resultado é visível: elas finalmente se encontraram. E, a cada minuto, se encontram ainda mais.

Eu falei que elas não precisavam vir comigo, que podiam abandonar a terceira roda, que ficaria bem.

— De jeito nenhum — disse Katie. — Somos um triciclo, e um triciclo não vai a lugar algum sem as três rodas.

Agora, as duas estão me observando, me vendo tentar evitar o fato de que Ryan não levanta o olhar no minuto em que eu entro. Como se houvesse algum motivo para isso quando ele tem Taylor bem ali.

— Vá dizer oi — sugere Violet. — Marcar território.

Mas, antes que eu possa fazer isso, Quinn se aproxima. Ele está com um smoking cor-de-rosa e um cravo da mesma cor na lapela.

Muito sutil, escuto Ryan sussurrar em minha mente

— Fique calmo, meu coração gay! — ronrona Quinn. — Mas parece que o mundo se enche da luz de Safo. Katie gatinha, você trouxe a mulher de seus sonhos para nossa farra de hoje?

Katie fica vermelha. E, quando percebe que fica vermelha, fica mais vermelha ainda.

— *Enchanté* — diz Violet, oferecendo a mão. Em vez de apertá-la, Quinn a leva aos lábios.

— *Enchanté!* — repete ele.

Eu olho para Ryan e, sim, ele está nos olhando agora. Quando vê que estou olhando, acena. Taylor repara no gesto e também olha para mim. Ele se junta a Ryan no aceno.

— Vá — diz Katie.

Não devem ser mais de 5 metros, mas o tempo que levo para chegar a eles é imensamente constrangedor. E é ainda mais constrangedor quando chego lá e Taylor se levanta para me cumprimentar.

— Finalmente! — diz ele, enquanto me envolve em um abraço. Ao se afastar, acrescenta: — Quero dizer, costumo conhecer um cara *antes* de vê-lo de cueca, mas acho que, no seu caso, vou abrir uma exceção.

— Estou tão feliz que você veio — diz Ryan, também se levantando, mas sem me abraçar. Ele me apresenta para os amigos de Taylor, e esqueço na hora todos os nomes. Eles oferecem abrir espaço para mim à mesa, mas indico as lésbicas com quem cheguei e digo que tenho de me sentar com elas.

— Bom sujeito — diz Taylor.

Estou me esforçando muito para não odiar você, mas você não está facilitando, eu não digo em resposta.

Quinn foi até o microfone e está dizendo para todo mundo que o slam vai começar.

— Quem quiser participar deve se inscrever agora. Só temos seis poetas na lista até o momento. Escute, pessoal... não me façam recorrer ao nado livre, porque vocês *sabem* que este salva-vidas vai puxar gente para *dentro* da água.

— Duvido que você bote seu nome lá — desafio Ryan.

Ele dá um sorrisinho superior.

— Ah, Arthur Atrasado, eu já botei.

As pessoas estão se sentando. Vejo Lehna chegar e se sentar a uma mesa de fundo com June e Umma. Violet faz sinal para que sentem com ela, mas Lehna faz que não com a cabeça.

Desejo boa sorte para Ryan e volto para meu lugar.

— E como foi? — pergunta Katie, quando me sento.

— O que eu estou fazendo aqui? — respondo.

Eu não sou poeta. Sou um jogador de beisebol cujo coração está sendo partido por um poeta. É diferente.

Quinn pede silêncio para o slam.

— Como vocês todos sabem, este evento é para arrecadar fundos para o Angel Project, que ajuda a juventude *queer* de São Francisco, a maioria proveniente das ruas ou de lares com condições horríveis. Quem vai se apresentar primeiro é Greer, que mora atualmente no lar para jovens do Angel Project. Acho justo que seja quem vai começar.

Greer vai até o microfone, usando uma gravata borboleta vermelha de bolinhas brancas e com uma expressão nervosa, mas determinada.

— Valeu, Quinn. Como ele falou, meu nome é Greer. Meus pais me expulsaram de casa porque não conseguiram lidar com o fato de eu ser *genderqueer*. Foi aqui na Califórnia, a apenas duas horas daqui. Como tantas outras pessoas, decidi vir para São Francisco, porque supostamente é o lugar mais tolerante do mundo. Logo descobri que tolerância não necessariamente quer dizer emprego e lugar para morar. As coisas ficaram desesperadoras, mas encontrei o Angel Project. Me deram apoio e me ajudaram a resolver as coisas. Então, gostaria de dedicar este poema a eles.

A plateia ficou imóvel, respeitosa. Katie estende a mão para segurar a de Violet. Ao perceber que eu reparei, ela segura minha mão também.

Greer não está com nenhuma folha de papel. Tudo vem de cabeça.

> Quando eu era criancinha, amava pintar...
> o pincel era uma varinha de plástico
> com corte de cabelo punk na ponta
> enquanto as cores ficavam como doces na bandeja.
> Se queria laranja, tinha de apresentar o vermelho ao amarelo.
> Se queria verde, o amarelo teria um caso com o azul.
> Como qualquer criança não encorajada a questionar,
> me ensinaram o significado das cores...
> do azul e do cor-de-rosa principalmente.
> Todos sabíamos que cor as princesas usavam.
> Todos sabíamos por que me davam tantas princesas para pintar.
>
> Mas, um dia, me perguntei o que aconteceria

se eu misturasse o cor-de-rosa e o azul.
Um dia, cheguei ao nível da curiosidade,
sem ter ideia de que estava perto da verdade.
Achei que azul e cor-de-rosa formariam a cor mais espetacular...
Peguei minha varinha e passei no azul, coloquei no papel absorvente
de um livro de colorir comprado para eu ficar em silêncio no Walmart.
Aí, sem lavar a varinha, eu mergulhei no cor-de-rosa.
Isso, eu tinha certeza, seria o segredo de toda beleza.

O que aconteceu foi lama,
calçada suja,
trevas.
Eu fracassei.

Eu me afastei da minha curiosidade e da verdade por baixo.
Acreditei nas outras pessoas para aprender o significado das cores,
e elas me ensinaram coisas erradas.

Demorou um tempão para a verdade surgir
e para que eu me erguesse e a encontrasse.
Peguei minhas tintas velhas e misturei aquelas cores novamente.
Obtive o mesmo resultado, mas, desta vez, vi de forma diferente.
Azul e cor-de-rosa fazem lama, fazem terra, fazem pedra.
Eu sou lama, sou terra, sou pedra.
Sou natureza, uma força da natureza.
Sou da cor que fica quando tudo é levado pela água.
Sou da cor do chão onde você anda, o chão que impede você
de cair. Sou primordial, essencial,
e isso tem tanta cor quanto qualquer arco-íris.

Digam isso. Quando as crianças perguntarem, digam isso.

Apesar de a sala ser pequena, o aplauso é enorme. Greer volta para a mesa onde estava e abraça e bate nas mãos dos amigos. Quinn se levanta e anuncia que o próximo poeta vai ser... Taylor.

Não reaja, digo para mim mesmo. *Não olhe, mas suponha que Ryan está olhando para você.*

Mas isso é uma besteira, porque, quando eu olho, Ryan está olhando para Taylor no palco.

— Foi maravilhoso, Greer — diz Taylor, quando chega ao palco. — E só posso apoiar o que você tem a dizer sobre o Angel Project. Como muitos de vocês sabem, sou voluntário aqui agora. Mas o mais importante foi o que eles fizeram por mim três longos e rápidos anos atrás. Digo com segurança que, se não fosse o Angel Project, eu não estaria aqui agora. Não estou falando desta sala, estou falando deste planeta. Portanto, é totalmente inadequado que eu agradeça com um poema que não tenha nada a ver com isso. Eu diria o título, mas acho que vocês vão descobrir sozinhos.

Eu olho para Ryan, e ele não parece surpreso. Já sabe tudo sobre Taylor. Eles já falaram disso.

Com uma reverência teatral de brincadeira, Taylor lê seu poema.

> Rainha,
> entenda
> tudo
> existe
> reativamente.
>
> Favor
> lembrar,
> eu
> não
> apago
>
> silenciosamente.
> Incentive,

empolgue,
acredite,
urre.

Passividade
abandona
ideias,
nega
igualdade.

Rápido...
exponha
cada
revolução
ávida

pulsando
ritmicamente
dentro.
Deseje,
emerja.

 Algumas pessoas aplaudem. Imagino que Taylor vá sair do microfone, mas ele diz:

— Como esse foi curto, e como termino com o desejo emergindo, eu gostaria de fechar com um poema sexual. Com um pedido de desculpas a e. e. cummings, que é, por acaso, meu nome pornográfico. Vamos nessa, marinheiros! Escrevi este ontem à noite.

que viagem
abordagem-massagem-coragem
aconchego
carinho-chamego
depois
surpresa-certeza
arquejo

linda cara de sono

> você me encanta
> a ponto de
> um sentimento denso
> extasiado arrebatado
>
> seja o portador
> desse admirador
> ousado
> ousado
> mudamos o universo
> (ousado)
> com nossos corpos

Taylor termina com um sorriso e ganha gritos de admiração em troca, assim como mais aplausos. Ryan aplaude com as pessoas, mas também parece meio acanhado; quer que Taylor o veja aplaudindo, mas não quer que ninguém olhe para ele nem suponha nada a partir do que Taylor leu. Mas quem ele acha que está enganando? Quando Taylor volta para a mesa, dá um grande beijo de confirmação em Ryan, bem na frente de todo mundo.

— Tão desnecessário — resmunga Katie, e eu a amo por isso.

— Tá todo mundo olhando e babando, seu exibido atrevido! — grita Quinn. Taylor agora parece constrangido e se senta, deixando a boca de Ryan em paz. Os amigos se inclinam para parabenizá-lo. Ryan olha para qualquer lugar, menos para mim.

Quinn continua:

— Chegou a hora de minha contribuição. Alguns de vocês talvez já tenham escutado; acho que é o que mais sinto vontade de compartilhar. Cada vez que volto a esse poema, algumas palavras mudam. Talvez um dia eu consiga fazer com que diga tudo que quero transmitir. Chama-se "A batida".

O que acontece em seguida é difícil de descrever. Quinn abre a boca, mas a voz que sai é diferente. Inflamada. Desafiadora. Ele agora não está brincando. Está testemunhando.

Não é filho meu, Senhor.
Não é filho meu!
Bate bate bate
Você bate para arrancar de mim
Arrancar com o cinto
Coração desalmado
Que bate batendo
Você acha que pode me machucar
Para não ser
Arrancar com ferimentos
Quando bate com o cinto bate
E tenta quebrar...
Quebrar a coisa que não dá pra quebrar
Porque carrego tão fundo em mim
Que nenhuma batida sua, nenhum cinto seu
Vai chegar perto.

Você bate para arrancar de mim
Arrancar com o cinto
Bate até eu me curvar
Bate até o coração parar
Parar de doer
Com tanto esforço
Você diz que vai me matar para me salvar
Matar o eu dentro de mim
Bater, surrar, mas
Não cede.
Não para você.

Eu sei
Que você não pode ficar neste quarto para sempre
Eu sei
Que não podemos ficar neste quarto para sempre
Você me bate e me surra para me atingir
Mas nunca vai me atingir

Não o eu eu coração que bate meu.
Eu o estou guardando.

Eu o estou guardando para hoje
Estou guardando para você aqui
E você ali.
Estou guardando para
Todos vocês com um eu lá no fundo.
Agora que saí daquele quarto
Para o mundo do tamanho
De um bilhão de quartos
Eu me salvei
Sim, eu me salvei
Construído de palavras e dor
E do eu de vidro que protegi
Esse tempo todo
Para chegar a esse um bilhão de quartos
A esta sala hoje.

Bate bate bate
Eu encontrei minhas batidas
Meu próprio batuque
Meu tum tum tum!
Bate bate bate
Eu bato com tudo

Música cantada alto
Música alta
Música oral
Voltando a viver
Aviltado
Músicas cantadas
Imploram para serem levadas.
Essa música canta
Para ser espalhada.
Bate bate bate...

O som que emite
É o som de asas.

Quando ele termina, há o mais breve dos silêncios. Em seguida: barulho. Mãos batendo. Vozes se encontrando. Alguém fica de pé. Nós todos ficamos de pé. Katie chora ao meu lado. Quinn, na nossa frente, não está chorando. Mas também não está sorrindo. Está respirando fundo, soltando tudo.

Eu nem sei como fazer a pergunta que quero fazer.

— De onde veio isso? — É o que pergunto para Katie, mas parece burrice, inadequado.

— Foi horrível — diz Katie. — Foi no nono ano. Tivemos de procurar a mãe dele e dizer que ou ela expulsava o pai de casa, ou ele saía. A mãe escolheu Quinn. Mas foi muito delicado.

— Eu não fazia ideia — digo.

— Ele queria que as coisas na escola ficassem normais. Era a única coisa normal que ele tinha.

Eu olho para Ryan. Ele sabia? Mas vejo na sua expressão que ele também não sabia. Ele olha para mim, e não precisamos dizer nada para termos uma conversa inteira. Sobre o quanto estávamos alheios. Que havia muito mais em Quinn do que achávamos.

— Tudo bem, pessoal, *chega* — anuncia Quinn agora. — Vocês só estão dificultando para nosso próximo poeta: Ryan Ignatius.

Ryan faz cara de quem quer pular fora. Ou que vai desmaiar. Ou as duas coisas. Mas sua mesa está comemorando, e Taylor o aperta de forma encorajadora. *Não dá para voltar atrás agora*, eu o imagino pensando. Quando ele pega umas folhas de papel na mesa e vai até o microfone, meu nervosismo indireto é quase tão forte quanto uma dose direta. Grito para ele, torcendo para que consiga ouvir minha voz e para que o ajude.

— Oi — cumprimenta ele, quando chega ao microfone. — Sou Ryan, e esta é minha primeira vez.

— Você está indo muito bem! — grita alguém na mesa de Greer.

As mãos de Ryan tremem quando ele desdobra o poema. E continuam a tremer quando ele começa a ler. Não consigo saber se a primeira linha que ele lê é o título ou o primeiro verso.

  Não estou pronto.
  Não estou pronto
  para andar três passos à frente de onde estou.

  Não estou pronto
  para ser pareado,
        declarado,
              desnudado
  para ter certeza
  do que tem atrás da cortina.

  Não estou pronto
  para chamar pelo nome
  porque aí não vai ser o mesmo
  de tudo que eu era.

  Você está tão pronto
  para que eu esteja pronto.
  Mas não estou pronto
  para usar as roupas que você fez pra mim.

  São lindas.
  Só não sei se vão caber.

  Você me dá firmeza,
  mas não sou firme.
  Não estou pronto para dizer por quê.

> Não estou pronto para ficar com mais medo
> do que estou agora.

Ele não levanta o rosto. Está olhando para o papel. E quando chega a hora de virar a página, as mãos ainda estão tremendo tanto que ele deixa o papel cair. Desliza para trás dele, perdido.

Em vez de parar para pegá-lo na frente de todo mundo, ele tenta continuar de memória.

> Estou pronto para me perder,
> Mas...
> Quero dizer, estou pronto...
> Não estou pronto.

Agora, ele olha para a plateia. Não para mim. Não para Taylor. Para outra pessoa. Para qualquer pessoa.

> Não estou pronto
> para fazer isso,
> para ficar parado aqui

Acho que isso faz parte do poema. Mas talvez não faça. Porque Ryan para. Congela. Diz "desculpem", coloca o microfone no suporte e sai andando, não correndo, andando, para fora da sala.

Violet começa a bater palmas. Outras pessoas a acompanham. E estou um minuto atrasado. Também congelo. Antes que eu consiga me levantar, Taylor se levanta. Antes que eu possa ir atrás de Ryan, Taylor vai atrás de Ryan. Taylor está mais perto da porta. Eu congelo de novo. Olho para Katie, mas Katie não vai me dizer para ir. É Violet quem me diz para ir. Diz para eu ir logo.

Eu me levanto, apesar de Quinn estar anunciando o próximo poeta, que não sou eu. Mas as pessoas acham que sou eu por causa da hora em que me levanto, e ficam ainda mais confusas quando sigo na direção oposta do palco, quando saio pela porta.

Ryan e Taylor não foram longe. Estão logo do lado de fora. Taylor está com Ryan nos braços, está dizendo que ele foi incrível, que foi corajoso, que o primeiro passo é sempre o mais difícil. Todas as coisas certas a dizer, só que na voz dele, não na minha. Eu paro de ir na direção deles, mas os dois já me viram. Eles se separam um pouco, olham para mim.

Eu estou interrompendo.

Por algum motivo, é com Taylor que eu falo.

— Eu só queria ver se ele estava bem — explico.

Taylor faz que sim. Entende.

— Estou bem — diz Ryan. — De verdade. Acho que não sou muito bom em improvisar.

Ao que parece, nem eu. Só fico ali parado.

— A gente volta logo — diz Taylor.

— Ah, sim. Claro. Até mais.

Abro a porta, que faz um barulho altíssimo no meio de um poema bem silencioso. Não quero atrair mais atenção para mim, então fico ali até o poeta terminar, uns bons dez minutos depois.

Sigo de volta até a mesa, esperando que Taylor e Ryan voltem em seguida. Afinal, Taylor disse que eles voltariam logo. Mas eles não voltam. Vejo os amigos na mesa de Taylor olhando mensagens e sussurrando. Informações que desconheço.

Olho meu celular. Nada.

Alguém da mesa de Greer sobe ao palco e recita um poema engraçado chamado "Ode a Pee-wee Herman". Quando termina, Quinn volta ao microfone para dizer que, como terminamos a lista, vamos fazer uma pausa de cinco minutos, e que, nessa pausa de cinco minutos, ele quer ver pelo menos mais três pessoas se voluntariarem para dizer algumas palavras.

— Vocês querem ir? — Violet pergunta para nós.

Eu quero ir, mas não sei se quero dizer que quero ir.

Katie decide tudo ao comentar:

— Se formos embora agora, Quinn vai nos matar. — E provavelmente é verdade.

Então, ficamos ali sentados. Alguns amigos de Taylor se levantam e falam com pessoas na mesa ao lado da nossa, então não posso contar para Katie o que aconteceu no corredor. Consigo sentir que ela está supondo corretamente que não correu tudo bem.

Quinn se aproxima, e é quando Violet e Katie estão dizendo para ele o quanto o poema foi incrível que olho para a área do palco e vejo o pedaço de papel solitário caído junto à parede dos fundos. A segunda página do poema de Ryan. Parece errado deixar ali, então vou até lá buscar. Está virada para baixo. Acho que eu poderia dobrar o papel e não saber como o poema termina.

Mas não é o diário dele. É uma coisa que ele planejava ler para todo mundo. Então, concluo que não tem problema olhar.

Só que, depois que termino, não parece ter sido a coisa certa.

> Estou pronto para me perder,
> mas não estou pronto para perder você.
> Estou pronto para me encontrar,
> mas não estou pronto para você saber o que vou encontrar.
>
> Se você quer que eu mude,
> esteja pronto para eu mudar.
> Acho que você não está pronto para isso.
> Acho que eu não estou pronto para isso.
>
> Por que você precisa botar as coisas boas em risco
> por coisas melhores?
>
> Não estou pronto para a resposta.

Sei que ele foi embora, eles foram embora, mas mesmo assim vou para o corredor. Quando vejo que ele não está ali, pego o celular de novo. Mas o que posso dizer? Que estou pronto para que ele mude? Que estou pronto para que ele faça o que quer fazer? Os últimos dias mostraram que não é verdade.

Acho que eu também não estou pronto.

Quinn está indo para o microfone quando entro. Coloco a segunda página do poema de Ryan na mesa, e os olhos de Katie se arregalam conforme vai lendo. E ficam ainda mais arregalados quando Quinn surpreende todo mundo ao anunciar:

— Bem-vindos de volta, vadias. O Slam de Poesia da Juventude Queer agora está animadíssimo para receber *Lehna* ao microfone!

QUINTA-FEIRA

Kate

18

É uma manhã normal de quinta-feira em minha cozinha. A cafeteira chia e bufa, como sempre; nos sentamos ao redor da mesa, como sempre. Mamãe, como sempre, lê a seção de economia, enquanto papai, como sempre, lê primeiro as notícias internacionais e depois se alegra com a parte de artes e entretenimento.

Comemos torrada, frutas e iogurte.

Esticamos os braços na frente uns dos outros para pegar a caixa de leite ou o pote de mel.

Periodicamente, olhamos o relógio vermelho, até um de nós dizer "Sete e meia", quando vamos reunir tudo e lavar os pratos, colocar os perecíveis de volta na geladeira e seguir para nossos três carros, estacionados lado a lado em nossa entrada larga de subúrbio. Não consigo nem explicar o consolo que essa rotina me dá. O consolo poderia ocupar o céu de tão imenso que é.

Mas não consigo apreciá-la há meses, por causa dessa coisa que estou carregando. Essa ansiedade. Esse medo arrasador e terrível. Esse peso do qual decidi me livrar ontem na sala das sombras, as mãos tocando nas de Mark e Violet. Parecíamos uma corrente de crianças de papel. Éramos substância e sombras. Éramos calor e mãos dadas, encantamento e amor. E a clareza que tive... foi de tirar o fôlego, me pegou de surpresa e depois me abandonou.

Então, talvez uma manhã normal de quinta-feira, à mesa do café da manhã, não seja a hora certa para fazer isso, mas vou fazer mesmo assim.

— Mãe? — digo. — Pai? Posso falar com vocês um momento?

Eles baixam o jornal.

— Claro — responde papai.

— Pode falar por mais que um momento — diz minha mãe, sorrindo, apesar de eu conseguir sentir seu nervosismo.

— Ando passando por momentos difíceis.

— Aconteceu alguma coisa com Lehna, não foi? — pergunta papai. — A casa não fica tão silenciosa assim desde que vocês se conheceram.

— Shh — diz mamãe. — Deixe que ela fale, querido.

— Certo. Continue, Katie.

— É — concordo. — Lehna e eu estamos passando por uma situação. Talvez faça parte do problema, não sei. Mas a verdadeira dificuldade que estou tendo é a faculdade.

Mamãe inclina a cabeça. Papai tira os óculos, muito, *muito* lentamente, e aperta o ponto entre as sobrancelhas.

— Não quero ir — digo. — Não ainda.

— Hummmm — diz mamãe.

Papai continua apertando o ponto entre as sobrancelhas. Cada vez com mais força.

— Você pode... elaborar melhor? — pede mamãe.

— Posso — responde. — Me desculpem. Eu só quero adiar por um ano. Cada vez que penso em ir embora, entro em pânico. Sei que é normal ficar nervosa, que é uma coisa enorme sair de casa, cuidar de mim mesma, então é de se esperar que eu fique meio abalada. Mas eu também devia estar um *pouco* empolgada, não devia? E não estou. Nem um pouco. Não consigo nem pensar de tanto que odeio a ideia.

— Você odeia a ideia — diz mamãe.

— É. Odeio. Pai, você está me estressando. Vai acabar se machucando.

— Eu nem — diz papai. — Eu nem sei...

— Acho que o que seu pai está dizendo é que precisamos de um tempo para processar isso.

Não faço ideia do que está se passando na cabeça dela. A voz está calma; ela está até sorrindo. Mas trabalha no departamento de Recursos Humanos de uma firma de investimentos. Está acostumada a dizer para as pessoas o que elas fizeram de errado de uma forma que as faz se sentir bem com elas mesmas. Está acostumada a despedir pessoas e fazer parecer que é uma oportunidade.

— Justo — digo. — E são sete e meia mesmo.

Nós todos nos levantamos. Papai coloca os óculos.

— Nós amamos você, Katie — diz papai.

— Kate — corrige mamãe.

— Certo — diz ele. — Kate. Vamos voltar a falar disso mais tarde, tá? Quando tivermos mais tempo.

Eu concordo com a cabeça. Nós limpamos os pratos e passamos uma água neles. Pegamos as bolsas e penduramos nos ombros. Andamos em fila única pela porta, até os carros.

— Só um ano — digo, antes de todos entrarmos.

Minha mãe assente. Meu pai suspira.

E eles vão embora, e ouço meu celular tocando no banco de trás. Ainda não liguei o carro, então saio, pego a bolsa e olho para saber quem está ligando.

Ryan. O nome na tela me pega de surpresa. Não trocamos mensagens desde o ano passado, quando trabalhamos na capa da revista literária. Eu tinha esquecido que tinha seu número.

— Você atendeu — diz ele. — Está com ele?

— Com Mark? — pergunto. — Não. Estou indo buscá-lo.

— O que ele está fazendo?

— Hã... se arrumando para ir à escola, eu acho.

— Não nesse segundo. Não foi isso que eu quis dizer. Ou talvez tenha sido. Agora, ele deve estar terminando o dever para o primeiro tempo. Ou escovando os dentes? Ele escova muito os dentes. Muito *muito*. Ou talvez fosse só porque ele achava que podia acabar dando uns beijos e era melhor estar preparado. Eu nunca pensei nisso, mas devia ser esse o motivo.

— Ei — digo. — Você está bem?

— Não. Não sei. Estou cansado. Eu não dormi.

— Nadinha?

— Ele viu o poema, né? O resto dele? Sei que viu. Consigo sentir. E o celular dele estava desligado. À meia-noite, às duas, às cinco, às sete. Está totalmente... *desligado*.

— Sim — respondo. — Ele leu o resto.

— Leu?

— Leu.

— Eu sabia. Nós fomos embora. Eu estava... chateado. Pelo menos, era o que Taylor ficava dizendo. "Você está chateado. Você está chateado", e ele falou que a gente devia ir embora, então nós fomos. Quando chegamos à casa dele, lembrei que tinha deixado o poema cair. Que estava caído lá no palco, sozinho, para qualquer um pegar e debochar, e entrei em pânico. Eu o deixei e voltei correndo pra lá, e tudo tinha acabado e quase todo mundo já tinha ido embora, mas me deixaram entrar e eu procurei no palco, e não o encontrei. Mas depois, encontrei, e estava na mesa, virado para cima, e eu *soube*. Eu soube que ele leu. Como ele reagiu?

— Você devia perguntar pra ele — respondo.

— Eu já falei! O telefone. Está *desligado*. Droga.

— Então pergunte na escola.

— Acho que não consigo ir à escola hoje. Não estou me sentindo muito bem.

Quero dizer para ele que não é preciso declarar o óbvio. Eu não sabia que Ryan era capaz desse tipo de emoção. Achava que ele era todo alusões literárias e pouco sentimento, todo crítico e pouco poeta. Mas aí, penso nele no palco na noite de ontem, todo tremor e medo, e fico de coração mole, apesar de ele ter esmagado o coração de meu amigo e talvez não merecer minha solidariedade.

— Você está bem, Ryan? — pergunto. — É uma pergunta sincera, e quero uma resposta sincera.

Silêncio.

— *Ryan?*

— Acho que não.

— Tudo bem — digo. — Só respire. Estaremos aí daqui a pouco.

Mark está me esperando quando paro na frente da casa dele. Parece meio cansado, e não consigo evitar: estico a mão e bagunço o cabelo desgrenhado de garoto americano.

— Isso é mesmo necessário? — pergunta ele, mas consigo ver que não se importou de verdade.

— Onde Ryan mora?

— Por quê?

— Porque é pra lá que a gente vai.

— Sabe — diz Mark —, tem uma coisa chamada "primeiro tempo". E tem outra coisa chamada "primeiro tempo do penúltimo dia de aula".

— Endereço — peço.

— Rua Howard. Atrás do Seven-Eleven.

— Obrigada.

— O que está acontecendo? — pergunta ele, enquanto eu dirijo.

— Você saberia se ligasse o celular.

— Talvez eu tenha deixado o celular desligado precisamente para não *ter* de saber.

— Então você devia ficar feliz de ele ter me ligado, para eu poder dizer o seguinte: seu amigo precisa de você. Pode não ser justo. Pode ser horrível, porque você precisou dele e ele andou de *massagem-abordagem-coragem* com um universitário...

— Não se esqueça de *carinho-chamego*.

— Ah, não me esqueci. Também não me esqueci da mudança do universo...

— ... com os *corpos* deles...

— ... o que, na última vez que olhei, era um feito e tanto. Não é qualquer pessoa que é capaz de fazer isso.

— Ao que tudo indica, não eu — diz ele. — Senão Ryan não teria precisado me trocar por esse poeta erótico.

— Não — concordo. — Não temos tempo para autopiedade agora. Você tem um salvamento a fazer. Qual casa?

— A azul.

Eu paro. Desligo o Jeep e me viro para Mark.

— Ele parece péssimo — informo. — Pareceu sério. Vou ficar bem aqui. Me avise se precisar de mim.

Mark respira fundo. Balança a cabeça. Consigo ver que não quer fazer isso, mas sai do Jeep mesmo assim. Eu espero que ele bata na porta, mas ele gira a maçaneta e entra na casa, e até que faz sentido. Porque, até alguns dias atrás, não havia nada de errado entre eles, ao menos não visivelmente. Alguns dias atrás, Mark era um garoto quieto de minha aula de matemática, um borrão de movimento no campo externo no único jogo de beisebol ao qual fui assistir. Tanta coisa pode mudar em poucos dias, mesmo em poucas horas. Eu o trouxe aqui para encarar a mudança de frente, e sei que também vou ter de encará-la.

Não vou mais fugir de nada.

É uma promessa que estou fazendo a mim mesma.

Você pode continuar fazendo o que deve fazer, o que esperam que você faça, e dizer para si mesmo que é o que quer. Sentar-se com as mesmas pessoas no almoço, fingindo ainda ter coisas em comum. Ler os livretos brilhantes das faculdades, fazer as visitas, acreditar no mito de que uma delas é a perfeita para você. Acreditar, aos 18 anos, que sabe como sua vida vai ser e como se preparar para ela.

Mas, se você não acreditar de verdade, se o tempo todo você esteve alimentando uma dúvida tão profunda que se infiltra até em seus melhores momentos, e você rompe as regras e se afasta, vai haver consequências. Você vai ter de se explicar.

Enquanto estou sentada no carro esperando, a noite anterior volta com tudo, toma conta de mim. Estou sentada naquela cadeira desconfortável, já arrasada pelo poema de Quinn, pela saída de Ryan, pela derrota de Mark. E agora, ali está Lehna.

— Eu não costumo escrever poemas — diz ela. — Mas escrevi um no meu diário outro dia e pensei, sei lá, por que não?

Ela pisca para se proteger das luzes e olha para a plateia.

— Vai, Lehna! — grita Violet. June e Umma acenam com entusiasmo. Mas eu só olho, me preparando para o que pode vir.

— Tudo bem — diz ela. — Aí vai.

    Estávamos nadando a favor da corrente, como sempre.
    Éramos todas escamas e barbatanas,
    brilhando ao sol,
    independentes e indiferentes.
    Nunca precisamos nos esforçar muito
    e nem nos esforçar pouco.
    Você e eu,
    eu e você,
    e a água,
    e o sol.

    Ou, não.

    O que éramos mesmo,
    éramos gêmeas.
    Do tipo que sente
    quando a outra está com frio.
    Do tipo que sempre ouve
    dois batimentos
    em vez de um.
    Se me beliscassem
    você é quem diria
    ai.

    Ou talvez
    eu tenha imaginado tudo:
    a água,
    o sol,
    até nossas escamas e barbatanas.
    Talvez tenha sido coincidência
    e nada profundo
    nem anômalo
    nem
    incomum,
    o jeito como você comia um morango
    e eu dizia
    hum.
    Porque só foi preciso
    que você se afastasse
    para eu ouvir
    um único batimento.

> Sempre fui
> só eu.
> Sempre foi
> só você.
> Nós achávamos que éramos especiais,
> mas sempre fomos
> sujeitos
> de duas orações
> separadas.

— Pronto — declarou ela. — Era isso.

E sei que algumas coisas aconteceram depois disso. Aplausos aumentando, os olhos lacrimosos de todo mundo. Mark se inclinando para mim, dizendo:

— Uau! Então ela é humana.

O olhar questionador de Violet e alguma coisa que devo ter falado para ela. Mas tudo que aconteceu depois foi um borrão, porque só me lembro de Lehna piscando na luz forte e da forma como o pensamento foi absorvido por mim, foi penetrando, infeccionando: o que quer que esteja acontecendo entre nós duas é outra parte da torre que preciso queimar.

19

Duvido.

Por que achamos isso legal? Por que sempre sentimos a necessidade de insistir e insistir e insistir? Não sabemos que insistir nunca é o jeito de fazer a outra pessoa se aproximar?

E mesmo assim.

Tem algo de poderoso em abandonar o conforto. Tem algo de intenso em sentir a pessoa insistir, em saber que a força por trás é a força do carinho, da crença genuína, que é insistindo que ela vai fazer você chegar a um lugar melhor.

Não estou pronto.

Quando subo a escada para o quarto de Ryan, penso que a única resposta verdadeira para essa declaração poderia ser:

Quem está?

* * *

Ele ainda está de pijama. E isso não é justo, porque, no caso de Ryan, o pijama é uma cueca boxer e uma camiseta velha e surrada da rainha Amidala, que é bem mais sexy que qualquer relíquia do final dos anos 1990 devia ser.

Mas não é isso que me chama atenção. O que estou vendo é um garoto tão perdido no mundo que não consegue nem sair da cama. O cansaço da falta de sono, o cansaço de pensamentos demais sem chegar ao certo. Ele parece um balão que já tocou no teto com alegria, mas agora, semanas depois, quica esquecido pelo chão.

— Obrigado por vir — diz ele. E o fato de ele sentir necessidade de me agradecer me deixa triste. Devia ser óbvio que eu estaria aqui, que sempre estarei aqui.

— Sei que é ridículo — continua ele. — O momento. Puta que pariu, só *faltam dois dias* de aula. Era de se esperar que eu conseguiria ficar no armário por mais dois dias. Mas, não. Ao que tudo indica, o plano não era esse.

— Então é isso? — pergunto. — É hoje o grande dia?

Ele indica com a mão o espaço ao lado dele na cama, depois segura um travesseiro contra o peito. Eu me sento no lugar onde ele indicou, de frente para ele.

— Hoje é o dia há muito tempo — diz ele. — Hoje é uma coisa que eu disse para mim mesmo com frequência sem nunca acreditar. Mas, esta semana... hoje realmente virou *hoje*. Chega de olhar para a parede e fingir que é um espelho. Chega de botar ficção na prateleira de não ficção. Chega de achar que eu poderia me safar disso. Sei que você não quer ouvir isso, mas foi Taylor que me chamou de blefe. Com você e comigo, o segredo era parte da história; ao menos, do jeito que eu a estava escrevendo. Sei que você teria escrito de um jeito diferente. Mas, comigo e com ele... eu tive de sair do mundo que criei. Tive de andar no mundo de verdade. Os sentimentos que estou tendo... não são sentimentos de amanhã. São sentimentos de hoje. Com você e comigo... é tão...

— Complicado? — sugiro.

— É. Complicado. Posso dizer outra coisa que você não quer ouvir?

— Claro.

— Se eu não tivesse visto você naquele balcão de bar... eu nunca teria tido coragem de falar com Taylor. De dançar com ele. De deixar isso tudo acontecer. Você me deu a inspiração de que eu precisava. Uma parte foi por competição. Tenho certeza: você fez aquilo para eu ter de fazer algo mais arriscado. Mas outra parte foi pura admiração. Então, flertei tão abertamente com ele... e fazer isso me fez perceber como era ser livre. Eu cheguei a esse ponto. Estou nesse ponto. Agora, só preciso descobrir os outros noventa e nove por cento. E, quer saber? Esses outros noventa e nove por cento são *assustadores pra caralho.*

Eu concordo com a cabeça. São mesmo.

Vejo o quanto ele está verdadeiramente apavorado. De uma forma deturpada, fico feliz de ser parte disso tudo. E, de outra forma igualmente deturpada, fico triste de ser só parte, e não tudo.

Mas o assunto aqui não é esse.

Eu sei que o assunto aqui não é esse.

Meu coração se compadece, mas de um jeito diferente. Antes, queria afeição. Atenção. Reconhecimento. Agora, só quer que ele encontre seu caminho. E sabe que esse caminho e o meu podem não ser o mesmo.

Eu o conheço bem. Havia um ponto cego em meu conhecimento. Mas agora estou olhando para ele. Estou conhecendo-o mais, verdadeiramente.

— Me desculpe — diz ele, e está pedindo desculpas pelo fato de estar chateado, de eu o estar vendo chateado. Ele também me conhece bem.

— Não precisa pedir desculpas — explico a ele.

Agora, ele diz outra coisa, outro tipo de pedido de desculpas.

— Eu gosto mesmo dele.

— Tudo bem. De verdade.

Olho para ele com a camiseta do Star Wars e a cueca boxer com estampa de âncoras, segurando um travesseiro na cama onde passamos tanto tempo, e me dou conta de que, mesmo sem saber, parei de estar apaixonado por ele, e o lugar para onde fui agora pode acabar sendo melhor. Eu *tenho* de parar de estar apaixonado por ele, porque o ponto em que eu sempre quis a que chegássemos nunca existiu. Ele é capaz de dar esse ponto para alguém, mas não é para mim que quer dar. Em vez disso, tenho o que sempre cultivamos todos esses anos. Eu o amo de forma indestrutível e me preocupo com ele até a raiz, mas, nesse momento que dura três inspirações, consigo entender que nós dois nunca vamos ser namorados, nunca vamos ser maridos, nunca vamos ser nada um para o outro, além de amigos. Posso deixar isso de lado e me agarrar a todo o resto.

Eu deveria ter vontade de sair correndo. Devia parecer que meu amor está diminuindo e meus sentimentos estão se contraindo. Mas, em vez disso, tenho a sensação de que estão se expandindo. E estão fazendo isso porque precisam fazer.

Tenho certeza de que futuramente vou duvidar disso. Sei que vou me arrepender, que vou questionar se essa compreensão repentina foi só um truque de luz. Mas não há ilusões aqui. Hoje é finalmente hoje. Nós não somos mais o que éramos. Somos agora o que íamos ser.

— Sei que você não está pronto — digo para ele. — Eu também não estou pronto. Mas quer saber? Vai acontecer de qualquer forma. E nós vamos ficar bem. Vamos arriscar o bom por algo melhor. Nós vamos mesmo ficar bem.

Sinto-me quase vazio quando termino a frase. Arranquei de dentro de mim o máximo que consigo, e estou oferecendo a ele agora, não mais parte de mim, mas também não totalmente abandonado. E, em troca, ele solta o travesseiro. Abre os braços e diz meu nome sem parar, como se finalmente tivesse me encontrado, como se finalmente entendêssemos o que precisávamos saber.

Katie ainda está me esperando.

Claro que está.

Eu sento no banco do passageiro, mas não fecho a porta. Não quero que ela já saia dirigindo.

— Como foi? — pergunta ela.

— Acho que nem Ryan nem eu vamos à escola hoje.

— Ah, uau. Isso quer dizer...?

— Quer dizer que, apesar de por algum motivo o Dia Nacional de Sair do Armário não fazer parte da Semana do Orgulho Gay, estamos rearrumando o calendário para que Ryan possa ter seu próprio Dia de Sair do Armário. Filmes como *Orgulho e Esperança* e antigos episódios de *Glee* serão assistidos. Sorvete será consumido. Pode haver danças enlouquecidas ao som de Robyn e Rihanna. Nunca se sabe.

— Sorvete? Faz parte mesmo do processo de sair do armário?

— Ah, faz. Ben e Jerry estão há tanto tempo juntos... são nossos exemplos.

— E depois...?

— Depois, a gente talvez convide Taylor para vir aqui. Para eu poder conhecê-lo, pois ao que parece ele é o namorado de meu melhor amigo.

Tento falar de forma casual, mas gaguejo um pouco. Afinal, é a primeira vez que tive de falar isso.

— Ah, Mark — diz Katie, preocupada. — É um gesto inteligente? Você não precisa fazer isso.

— Não, tudo bem. Já me disseram que, se eu for me apaixonar por alguém, é sempre melhor me apaixonar por alguém que me ame também. Isso nunca vai acontecer com Ryan, e estou estranhamente bem com isso. Ao menos, por enquanto.

— O coração é uma fera traiçoeira.
— Mas tem boas intenções.
Katie sorri.
— Sim, *o coração é uma fera traiçoeira, mas tem boas intenções*. Isso resume tudo.
— O que ninguém nunca conta é que a parte da amizade é a mais difícil. Beijar é fácil. Beijar tem políticas próprias, mas, no fim das contas, é só beijo. A coisa de verdade, de ser parte da vida do outro...
— ... ser quase gêmeos sem ser gêmeos...
— Isso! Esse é o desafio e a recompensa.
Eu olho para Katie e sei que às vezes não é tão difícil assim, que às vezes dá para entrar no ritmo de outra pessoa e seguir assim por muito tempo. Novamente, me impressiona o fato de que, uma semana atrás, mal sabíamos o nome um do outro. Agora, estamos nessa jornada juntos. Eu sei que só posso ajudar até certo ponto, e ela só pode me ajudar até certo ponto; na verdade, nós temos de resolver nossos próprios problemas. Mas ajuda ter outra pessoa ao lado. Ajuda ter alguém com quem conversar quando chega a hora de dar uma pausa na resolução de tudo.
— Então — digo —, você acha que vai falar com Lehna hoje? — Ficou óbvio ontem à noite pela reação de choque ao poema de Lehna que Katie precisa resolver algumas das frases que ficaram fragmentadas.
— Vou — responde ela. E ela responde de novo, como se na primeira vez não tivesse sido clara o suficiente. — Eu já falei com meus pais sobre dar um tempo no plano de ir à facul-

dade. E ainda preciso conversar com Violet sobre o próximo passo. Eu amo seu coração errante há tanto tempo... mas não faço ideia do que isso quer dizer para mim e para ela. Sinto vontade de seguir em frente, mas não tenho ideia se é para ser uma exploração solitária ou não.

— Você vai descobrir — garanto. Não por ser uma coisa que se diz para preencher espaços, mas porque eu realmente acredito. Katie vai descobrir. Ela tem partes suficientes do mundo nas mãos para conseguir.

— Obrigada — agradece. Em seguida, se inclina e beija meu rosto. — Agora, vá ajudar aquele garoto a encontrar seu caminho. E lembre-se: por mais que você queira apoiá-lo, se ele e Taylor começarem a ficar melosos, você tem todo o direito de sair de lá e procurar seu espaço. A empatia é uma coisa maravilhosa, mas é possível sofrer de overdose se usar muito de uma só vez. Combinado?

— Combinado.

— E apesar de eu deixar passar seu desprezo obstinado pelas responsabilidades educativas hoje, espero vê-lo amanhã para o *grand finale*, e novamente para as atividades do fim de semana do Orgulho Gay, sendo a principal a parada de domingo. Mesmo com toda a experiência, Violet nunca foi a uma parada do orgulho gay, e juro por Tegan, Sara *e* pelo Espírito Santo que vamos mostrar a ela a melhor do mundo.

— Também vai ser a primeira de Ryan.

— Como eles têm sorte de ter a gente! — diz Katie.

Eu beijo o rosto dela e digo:

— Muita sorte mesmo.

Kate

20

Quando vou procurar Lehna no almoço, me sinto o mais perto que já me senti de ser uma daquelas calouras solitárias nos primeiros dias de aula, os meninos e as meninas infelizes cujas famílias se mudaram bem na época de entrarem para o ensino médio ou as crianças excêntricas que estudaram em escola domiciliar, ou as que moram em cidades mais perigosas e conseguiram entrar, por sorte ou porque os pais mexeram os pauzinhos, no santuário suburbano que é nossa escola.

Lehna e eu dizíamos bênçãos para eles. *Que o garoto da mochila roxa e cachecol encontre seu grupo. Que a garota de marias-chiquinhas e All Star branco novinho siga para o norte até o círculo de garotas com caneta permanente, e que elas personalizem aqueles tênis.*

A não ser que fossem muito azarados, acabavam encontrando seu lugar, mas nos primeiros dias tímidos e errantes em que eles mordiscavam os sanduíches de cabeça baixa, Lehna e eu sofríamos por eles. Chegávamos à escola de mãos dadas, as duas recém-saídas do armário para o mundo, com uma quantidade absurda de parafernália de arco-íris decorando nossas mochilas. Pulseiras da amizade de arco-íris, camisetas de *Legalize os Gays*, as capas dos livros cobertas por todas as músicas de Tegan and Sara que sabíamos de cor, ou seja, todas.

Nós éramos faróis para os outros adolescentes *queer*. Demos conta de toda a parte difícil no oitavo ano. Não houve garotos constrangidos nos convidando para o baile, *muito obrigada*. June e Umma, estranhas para nós e uma para a outra, nos encontraram pelo brilho do arco-íris de nossas mochilas. Um garoto chamado Hank também nos encontrou, e por seis meses encheu nossas vidas com quadrinhos e Frank Ocean. Mas aí começou a namorar Quinn, e os pais dele descobriram, e ele começou a sumir lentamente da escola e, depois de um tempo, de nossas vidas.

Nós já devíamos saber, o mundo estava tentando nos dizer de tantas formas, mas foi Hank quem nos ensinou que a vida não era tão fácil para todos. Foi Hank quem disse para Lehna e para mim que tínhamos sorte. Foi Hank que fez a sorte às vezes ser uma coisa complicada.

E é em Hank que estou pensando agora, quando sigo até onde minhas amigas estão reunidas, de costas para mim, no deque dos formandos. Elas estão olhando para o resto da escola daquele local de superioridade conquistado com dificuldade. Eu deixo minha mochila ao lado da de Lehna. Pego meu celular e coloco "Super Rich Kids", de Frank Ocean. Aumento o volume até o máximo e apoio na amurada a nossa frente.

Nós balançamos a cabeça e ouvimos.

Quando acaba, Umma diz:

— Ele devia estar aqui com a gente.

June diz:

— Surtei uma vez e decidi que ia encontrá-lo on-line. Procurei em toda parte. Cheguei a pensar em todos os nomes falsos que ele poderia usar.

— Eu também fiz isso — revela Umma.

— Kate e eu também — diz Lehna. — E achei que o vi uma vez na Telegraph. Chamei seu nome, mas ele não olhou.

— Nós éramos tão novos quando éramos amigos. — É o tipo de coisa que faria adultos revirarem os olhos, mas é verdade. — Tínhamos 14 anos. A voz dele ainda não tinha nem mudado. Ele era magrelo como uma criancinha. Não sei se eu o reconheceria agora.

— Hank — diz June. — Mandamos todo o nosso amor para você agora, onde quer que esteja.

Ficamos em silêncio por um tempo, depois eu digo:

— Tenho uma coisa pra contar a vocês.

— Vou tentar adivinhar. Você e Mark vão se casar.

— Pare com isso, Lehna — diz June, e todas nos viramos para ela, surpresos. — *O quê?* As coisas parecem normais pela primeira vez em uma semana. Vamos tentar ser positivas, tá?

— Bem, *tá* — diz Lehna. — Desculpe, pessoal. Kate, vá em frente.

— Vou tirar um ano sabático.

— É sério? — pergunta Umma. — O que você vai fazer?

— Não sei ainda.

— Mas de onde veio isso? — pergunta June. — Você nunca mencionou. Nem como ideia.

— Eu sei — respondo. — Veio de repente.

— Mas você não está empolgada com a faculdade? — pergunta Umma.

— Só de um jeito como quem pensa no futuro distante. — Sinto Lehna olhando para mim, não de forma crítica, mas como quem está mesmo ouvindo. Vejo que ela está mais aberta. E aproveito: — Distante, como a forma com que penso no dia de meu casamento com Mark.

— Certo — diz Lehna. — Você de véu e grinalda, ele de fraque preto.

— Sei que vai acontecer, mas preciso pegar geral primeiro.

— Traçar o resto dos jogadores de beisebol.

— Só do time oficial.

— Todos aqueles músculos. Aquelas calças justas, aquele *volume* sexy...

— Com licença, mas isso é bem sério — diz June.

— É? — pergunto. — Eu não sei.

— Hã, é. Estamos falando de seu futuro. Nós todas nos esforçamos para entrar na faculdade.

— E eu ainda vou fazer faculdade. Mas... — Reviro meu cérebro em busca de um bom motivo, mas desisto e falo a verdade. — Quero deixar as coisas ficarem confusas. Quero ser livre, mas só o quanto parecer certo no momento. E — digo — quero ficar com Violet.

— Ah — sussurra June.

— Ah — ecoa Umma.

— Amor — dizem elas.

— Talvez — digo, porque é mais prudente do que sim, porque faz menos de uma semana que demos o primeiro beijo, menos de 24 horas que pedi que ela confiasse em mim. Digo talvez porque, quando se é adolescente, existe uma regra: não se deve tomar decisões baseadas no amor. Você tem de dizer para o coração que isso é uma coisa imatura e volúvel. Precisa se lembrar de Romeu e Julieta e de como as coisas terminaram mal para eles.

Seu pobre coração adolescente. Não está equipado para decisões assim.

Só que talvez. *Talvez*. Esteja.

Eu ainda preciso conversar com Lehna.

O horário do almoço termina, e nós vamos para nossos armários juntas.

— O que você vai fazer depois da aula? — pergunto para ela.

— Vou até a casa da Shelbie. Candace vai estar lá, e vamos jantar.

— Quer tomar um café primeiro? Eu também vou pra lá.

— Pra ver Violet?

— É, e tenho de passar na AntlerThorn. Recebi uma mensagem de Brad. Tem alguma coisa a ver com o leilão.

— Ah, é. Parabéns, aliás.

— Pelo quê?

— Seu quadro?

— O que tem?

— Os lances tinham acabado de acabar quando saímos da exposição. O seu vendeu por muito dinheiro.

— É mesmo?

Ela ri, impressionada de eu não saber disso.

— É. Alguns milhares. Eu estava furiosa demais para registrar direito, mas sei que arrecadou mais dinheiro que qualquer um dos outros. Pois é — diz ela. — E, sim. Podemos tomar um café.

Quatro horas depois, estamos na frente uma da outra em uma mesa de café no Mission, com folhas idênticas feitas de espuma decorando a superfície dos nossos cappuccinos. Vejo o quanto combinam e simplesmente falo:

— Gêmeas.

Ela dá de ombros.

— Foi um poema ótimo. Todo mundo achou — digo.

Penso em tudo agora, em todas as formas como éramos como gêmeas, com nosso gosto idêntico para livros e música, nossas percepções simultâneas de que gostávamos de garotas, a forma como nunca nem consideramos a ideia de ficar porque irmãs não fazem isso. Nós até saímos do armário juntas, reunimos nossos pais na sala de Lehna, como se fôssemos uma única família.

— Nós somos lésbicas — dissemos ao mesmo tempo, com as mãos de 14 anos suadas, se apertando.

— Vocês estão juntas? — perguntou meu pai.

Nós nos viramos uma para a outra, a surpresa com a sugestão superando momentaneamente o nervosismo, e caímos na gargalhada.

Estou chorando agora. Não previ que isso fosse acontecer, mas aqui estão as lágrimas nas bochechas, e Lehna também começa a chorar. Esse café está cheio de jovens e *queer* e belos. Todo mundo é um pouco mais velho que nós; todo mundo já passou por algo assim. Mesmo assim. Sei que destruí alguma coisa entre nós. Sei que parei de sentir que Lehna era minha gêmea muito tempo atrás, e é uma coisa terrível ser a pessoa que se afasta.

Mas é Lehna quem diz:

— Olhe, eu preciso pedir desculpas.

— Pelo quê?

— Por toda aquela merda com Violet. Tipo mandar você retocar o batom e dizer que você parecia normal e fazer você inventar uma exposição falsa, como se não fosse boa o bastante.

— Por que você fez aquilo?

— Não sei — responde ela. — Andei tentando descobrir. Era uma sensação que eu tinha... de que você não se divertia mais comigo. Como se eu de repente não fosse mais interessante o bastante. E não gostei de sentir isso.

— Eu não sei o que aconteceu comigo — digo.

— Você só mudou. Passou de Katie a Kate. E acho que não queria levar ninguém junto. — Ela balança a cabeça. — É horrível ficar pra trás.

— Eu me senti tão perdida — digo.

— E depois, o quê? Mark ajudou você a se encontrar?

— Eu tenho o direito de fazer outros amigos.

— Claro que tem. E *tem o direito* de me trocar por eles, como se eu fosse uma substituta de amiga de verdade o tempo todo. Você *tem o direito* de me substituir, mas eu tenho o direito de ficar com raiva por causa disso.

— Eu não estava tentando substituir você — rebato, mas assim que as palavras saem, me pergunto se são realmente verdadeiras.

Mas *agora*, enquanto Lehna seca as lágrimas do rosto, *neste* momento, é a verdade. A ideia de perdê-la para sempre é inconcebível.

— Tudo bem você fazer novos amigos — diz ela. — Nós duas vamos fazer novos amigos. Pela primeira vez na vida, não vamos morar perto uma da outra. Não vamos nem morar no mesmo estado. Só não entendo por que tinha de acontecer agora. É a última semana do ensino médio, Kate. São nossos últimos dias juntas. Não eram para ser assim.

Eu concordo com a cabeça.

— Eu sei — digo. — Me desculpe.

Nós olhamos para nossas xícaras. Lehna toma um gole, e eu também.

— As pessoas devem achar que estamos terminando, sei lá — diz Lehna.

Eu dou um sorriso, seco as lágrimas do rosto e olho ao redor, mas não vejo ninguém prestando atenção.

— Parece que as coisas estão bem com Violet — diz ela.

Mesmo no meio disso tudo, a felicidade surge, vinda de um lugar profundo dentro de mim.

— Estão — concordo.

— Fico feliz. Vocês vão ser ótimas juntas.

— E com Candace?

Ela abre lentamente um sorriso. Eu reconheço o sentimento.

Brad acena para mim quando entro na galeria.

— Oi — diz ele.

Eu me preparo para a agressão verbal, mas não acontece nada.

— *Oi?* — pergunto. — Só isso?

— Foi um dia longo. Audra saiu cedo. Às vezes, um garoto precisa descansar.

— Descansar de quê?

— Do que todo mundo espera de mim — diz ele. — Venha aqui atrás.

Ele me leva pela galeria e por um lance curto de escada, mas o rebolado está menos exagerado que o habitual. Até o cabelo está mais controlado.

— Bem-vinda ao meu escritório — diz ele.

É um lugar apertado com paredes de concreto, arquivos de metal e luz fluorescente.

— Aconchegante.

— É uma porra de *cela*. Audra acha que é piada.

— Ela é um amorzinho.

Ele ri com deboche.

— Só preciso que você assine isso, dizendo que está doando a renda do quadro para o Angel Project.

Ele me entrega um contrato.

— Claro — digo.

— Arrecadamos mais de vinte mil para eles.

— Que incrível.

— Seu quadro totalizou quase um terço disso.

— Espere, o quê?

— É — responde ele. — Foi uma guerra de lances.

Minha mão treme quando assino meu nome. Achei que Violet ia ser minha única colecionadora.

— Garrison vem buscar hoje. Eu falei que você passaria aqui por esse horário. Se importa de esperar uns minutos?

— *Garrison* o comprou? Posso esperar.

Voltamos para a ensolarada galeria, e é só nessa hora que vejo minha pintura. Está pendurada em uma parede, em um ponto especial. Vejo os outros também. Sinto vontade de jogar um lençol em cima para me poupar do constrangimento. Mas esse é diferente. Consigo ver isso.

Brad para ao meu lado e olha.

— Vou sentir falta dessa peça — confessa ele.

Eu me viro para ele. Seu rosto é pura sinceridade.

— Esse é o maior elogio que você já me fez.

— É?

— Brad, você chamou meus quadros de peculiares.

— Esse, não — diz ele.

A porta se abre, e o barulho da cidade invade o ambiente, seguido de um homem alto e bonito.

— Ah, olhe só — digo. — É o criador dos meus quinze minutos de fama.

— Essa fama não vai ser tão transitória — diz Garrison. — Passei aqui na noite da inauguração só para dizer oi. Não vi você, mas vi este quadro. Não consegui parar de olhar.

— Obrigada — respondo. Sai em forma de sussurro e representa exatamente o que eu quero dizer.

— Por quê? — pergunta Brad. — Ele está levando o quadro que quer, e você não vai levar um centavo pela venda.

Mas não é o dinheiro. É o que eu sei que é verdade. Porque estou olhando para essa tempestade vermelha de cores em uma tela, para todas as minhas linhas delicadas e pinceladas apaixonadas. Estou olhando para uma coisa urgente e verdadeira, muito além do que achei que era capaz de fazer.

Estou olhando para o que acontece quando eu me liberto e confio em mim mesma, e a visão me empolga.

A moça na bilheteria do de Young me diz que não pode me vender ingresso tão perto da hora de fechar.

— Você só tem quinze minutos — informa ela.

— Tudo bem — respondo. — Vale a pena.

Violet disse que estaria ali. Ela sugeriu me encontrar do lado de fora quando terminasse, mas não posso esperar mais quinze minutos. Eu preciso vê-la agora.

— Tem a torre de observação — diz a mulher. — É de graça e aberta ao público. Ainda dá tempo de ir até lá. Mas alimentos não são permitidos.

— Ah, isto? — Eu digo, levantando a alcachofra que comprei no caminho. — Não é comida de verdade. Pelo menos, não neste contexto. É uma flor.

— Coloque a flor na mochila, por favor.

Mando uma mensagem dizendo para Violet me encontrar na torre e sigo até o elevador.

Ela está olhando para North Beach quando a encontro. Tem tantas pessoas aqui em cima, observando o panorama da cidade pelas paredes de vidro, mas tem coisas que preciso dizer que não podem esperar. Tantas coisas estão claras para mim agora.

Eu toco em seu ombro. Ela se vira para me olhar.

— Oi — diz ela.

— O Exploratorium ontem. O de Young hoje. Estamos fazendo uma turnê de museus?

— É só hábito, acho. É sempre fácil encontrar os museus, e dessa forma há garantia de coisas boas para olhar.

Eu dou um sorriso.

— Mas acho que você não veio discutir meus hábitos — diz ela. — Você parece nervosa. O que foi?

Uma campainha toca, e uma voz gravada nos diz que o museu vai fechar em dez minutos. Então, eu me apresso e digo:

— Acho que eu nunca quis conhecer você de verdade. Foi por isso que fugi da festa de Shelbie.

A mágoa surge em seu rosto, mas eu continuo:

— A ideia que eu tinha de você era o que me salvava, várias vezes. Cada vez que eu ficava preocupada, só precisava pensar em seu nome e ficava calma de novo. Todos os meus quadros eram sobre você, mas também eram sobre a ideia de outro mundo, outra vida, uma vida que poderia ser melhor que a que eu habitava. Você era minha fuga. Eu precisava que você continuasse sendo uma ideia para mim.

Ela dá de ombros, um gesto que não é o que eu espero. Mas tenho de insistir nessa parte para chegar ao que realmente quero dizer.

— Foram tantas as histórias que Lehna me contou sobre você. Eu sobrevivia nelas. Estava destinada a me decepcionar, e aí, o que me salvaria?

Ela afasta o olhar, mas eu seguro sua mão.

— Espere — peço. — Desta vez, *eu* não terminei. Mas aí uma coisa aconteceu: conheci você. Não importava o quanto eu fizesse de besteira para prolongar o sonho que você era; você apareceu. E você era, você *é* melhor que o sonho. E estou percebendo agora que sua função não é me salvar, e estou lidando bem com isso. Só preciso que você esteja na minha vida, e o resto eu resolvo.

— Estar na sua vida? — pergunta ela. — Não sei o que você quer dizer com isso.

— Mais que estar na minha vida — digo. — *Muito* mais que estar na minha vida. Eu quero dizer que quero ser sua namorada. Quero ver você todos os dias. Quero acordar com mensagens suas dizendo bom-dia, e quero beijar você sempre que tiver vontade. Quero beijar você agora.

Ela ri.

— Você sabe preocupar uma garota — diz ela. — Quero dizer, um aviso da próxima vez seria bom. Algo do tipo "Vou dizer um monte de coisas com cara de rejeição, mas no final vou dar meia-volta e dizer uma coisa boa".

— Eu estava sendo sincera! — exclamo. — Diferente de vaga!

— Certo — diz ela. — Que bom. Eu prefiro a sinceridade.

— Eu quase esqueci! — Eu enfio a mão na mochila e tiro a alcachofra. Ela parece confusa por um momento, mas depois vejo que lembra. Pega a alcachofra de minhas mãos.

— Podemos nos beijar agora? — pergunto.

— Podemos.

É totalmente diferente do que foi na rua. A boca continua macia, mas, quando relaxo no beijo, ela morde meu lábio inferior. Dou um gritinho de surpresa, mas não me afasto. Consigo sentir seu sorriso: a mordida é um aviso. É um *Não pense que eu esqueci*, um *Não ouse fazer nada assim de novo*. E agora, a mão está no meu pescoço, ela está me puxando mais para perto, e ahmeu*deus*, precisamos sair daqui. Mas, apesar de eu saber que isso é levar as demonstrações públicas de afeto longe demais, não consigo parar de beijá-la. Então, tornamos a exposição de nós duas. Mais um espetáculo em um museu cheio de coisas para ver. Nós respiramos uma na outra. Desligamos o mundo. Nosso beijo cresce ao redor, até que...

— Rã-ram!

Um guia idoso de cabelo branco está a poucos metros de nós, com expressão mais bem-humorada que severa.

— O museu está fechando — anuncia ele.

— Lamento muito! — me desculpo, mas a alegria em minha voz trai o quanto estou imensamente distante de lamentar.

Violet segura minha mão. Ela sorri para o homem.

— Minha namorada e eu nos empolgamos — diz ela, e ele ri, e nós atravessamos a torre até o elevador, e, antes que a porta se feche, estamos nos braços uma da outra novamente.

SÁBADO
QUINTA-FEIRA
SEXTA-FEIRA
SÁBADO

21

Andamos pelo futuro e sentimos que o estávamos pegando emprestado.

Algumas pessoas ao redor eram famosas. Algumas eram famosas só em âmbito local. Nenhuma era adolescente.

Mas ali estávamos nós, andando por uma mansão em Russian Hill, sem saber direito se estávamos pregando uma peça neles, ou se eles estavam pregando uma peça em nós, ou se era possível que nada daquilo fosse uma peça, que um dia nossas vidas seriam assim, e naquele momento estivéssemos tendo um vislumbre precoce, tudo por causa de um fotógrafo que conheci em uma boate.

Não estava claro quem tinha dinheiro e quem não tinha. Não estava claro quem foi convidado e quem era penetra.

Não estava claro o que estávamos comemorando, fora o fato comemorativo de termos ido até lá, de estarmos naquele momento. A única pessoa que parecia totalmente à vontade não era uma pessoa, mas um gato chamado Renoir.

Olhei ao redor e vi as constelações, a variedade de versões do tipo de pessoa que uma pessoa poderia ser. O álcool e a hora tardia afrouxavam as línguas dos outros, afrouxavam a música de seus lábios. Eu andei por tudo de mãos dadas com Katie. Éramos João e Maria, e finalmente tínhamos encontrado a casa certa. As bruxas nos deixariam lamber a cobertura da tigela em vez de nos jogar no forno.

— O que estamos fazendo aqui? — perguntei a ela, repetidas vezes.

— Estamos absorvendo tudo — respondeu ela. — Precisamos absorver tudo.

Inevitavelmente, Ryan tem de ir ao banheiro, e Taylor e eu ficamos sozinhos. Ele levou um DVD da versão britânica de *Queer as Folk* porque não consegue acreditar que nós nunca vimos, embora, para ser justo, tenha saído antes de nós nascermos. Está pausado durante um ato de línguas que espero que os pais de Ryan não entrem e vejam. Ele ainda não conversou com os dois, mas está planejando falar no fim de semana. Mais cedo, Taylor e eu o ajudamos a criar estratégias. Em determinado ponto, interpretamos os pais dele. Eu fiz o papel de mãe.

De um modo geral, as coisas foram bem, porque, depois da conversa e da encenação de sair do armário, ficamos vendo TV e comendo. Na minha frente, Ryan e Taylor não fizeram nada mais afetuoso que encostar um no outro e roçar braços.

Imagino que seria diferente se eu não estivesse aqui. Mas não me sinto pressionado a ir embora. Não por eles. E nem por mim.

Eu posso fazer isso. Pelo meu melhor amigo.

De alguma forma, como eu vinha me preparando o dia todo, o momento em que fiquei sozinho com Taylor não foi como imaginei. Não estou preparado para ele dizer obrigado. E é exatamente o que ele faz assim que Ryan se afasta.

— Pelo quê? — pergunto.

Ele olha para a porta, verifica se Ryan não está voltando.

— Por ficar com ele hoje — responde ele. — Por ajudá-lo a passar por isso. Por nunca o forçar a sair do armário, o que sei que não pode ter sido fácil. Meu melhor amigo saiu do armário dois anos depois de mim, e eu quase fiquei maluco.

De todas as coisas que me deixaram maluco, essa não foi uma das mais importantes. Mas não digo isso para Taylor. Só digo:

— A decisão foi dele. Sempre foi a decisão dele.

— Eu sei. Só estou dizendo que você é um amigo incrível. Você não precisa que eu diga isso. Mas, para o caso de ter dúvida, saiba que é. Ainda não conheço Ryan tão bem, mas sei *disso*.

Ande! Cale a boca! Me conte mais! Pare de falar! Minha mente não sabe o que quer de Taylor. Quanto mais ele fala sobre mim e Ryan sermos amigos, menos eu acho que ele sabe sobre nós. Fico feliz de Ryan não ter me apresentado para o novo *crush* como um peso apaixonado e não correspondido. Fico feliz de nossos segredos estarem em segurança.

— Estou feliz por ele ter encontrado você — digo. — E, se você o machucar, vou partir para o famoso assassinato.

Taylor assente.

— Eu não esperaria menos.

Ryan volta e faz cara de quem também não tinha planejado que ficássemos sozinhos juntos.

— Não se preocupe, foi ótimo — digo para ele. Taylor sorri. Eu sei que poderia fazer uma provocação agora; poderia fingir que contei para Taylor alguma coisa que Ryan não ia querer que ele soubesse (tipo, digamos, nossa história sexual). Mas hoje é um grande dia. Não há espaço para provocação.

Nós voltamos a assistir ao programa. Os dois se aconchegam. Ryan parece bem mais nervoso com Taylor do que ficava comigo. E também parece bem mais à vontade com ele do que parecia comigo na frente de qualquer outra pessoa.

Vejo que isso é o futuro.

— O que estamos fazendo aqui? — perguntei a Garrison Kline. Rendemos homenagem aos amigos dele no sofá. Agora, só estávamos ele e nós dois. Ele ainda está com a câmera preparada. A câmera estava sempre preparada, como se alguma coisa bonita pudesse acontecer a qualquer momento.

Ele estava olhando para mim e Katie, nosso anfitrião apesar de a festa não ser dele.

— Nós vamos tornar vocês o centro das atenções desta cidade — declarou ele. — Vocês ficariam surpresos com o quanto é fácil.

— Mas por quê? — Eu não conseguia compreender. — Por que fazer isso por nós? — E não consegui me controlar. Estava me incomodando muito, então tive de perguntar: — Não é porque você quer dormir comigo, é?

— Mark! — interrompeu Katie.

Mas Garrison Kline aparentemente não se importou.

— Não, é uma pergunta válida. E é bom você saber que deve perguntar. Motivos são importantes. E, nesse caso, meu motivo é ao mesmo tempo simples e misterioso: eu vejo alguma coisa em vocês. E todo mundo, cada um de nós, precisa de uma ajudinha no caminho. Por acaso, estou em posição de poder ajudar. Já estive do seu lado da cerca, mas agora estou deste.

— É bem legal deste lado — observou Katie.

— Pode ser. Nas noites boas.

— E é assim que nos tornamos o centro das atenções da cidade? —perguntei. — Só aparecendo? Com seus amigos espalhando a notícia?

Garrison Kline negou com a cabeça.

— Não, é mais que isso. Vou começar com uma pergunta simples.

— Que é...?

— Quem são vocês? Não seus nomes, eu sei seus nomes. Mas preciso saber: *Quem são vocês?*

* * *

Todos nós vamos ao último dia de aula. Nossos armários estão quase vazios. As aulas são reflexões. O único motivo para estarmos aqui é para estarmos juntos.

O último dia de aula sempre me pareceu o portal para o verão; nada mais que isso. Mas, hoje, me afeta de uma forma diferente. Ouço o futuro sussurrando que vai chegar uma hora em que esse prédio não vai ser meu mundo. Esses adolescentes não vão ser a única população de minha vida. Vai chegar um dia, em breve, em que vou embora deste mundo. De vez em quando, vou voltar como fantasma, quando minhas lembranças vagarem pelos corredores. Mas já estarei na etapa seguinte da vida, que desejo que seja minha nova e melhor vida.

Conto para Katie o que estou sentindo, e ela parece entender. Não conto para Ryan, porque ele tem suas próprias questões para enfrentar. Ele é uma parada do orgulho gay de um homem só: na noite de ontem, nós três customizamos uma camiseta para ele usar. *A propósito, sou gay*, diz a camisa. Algumas pessoas parecem surpresas quando leem.

Mas a maioria?

As pessoas o param para dizer o quanto adoraram a camiseta.

Quem é você?

Kate respondeu imediatamente a Garrison Kline.

— Eu sou uma artista.

Ele sorriu.

— Não duvido. Mas me dê uma prova.

Ela pegou o celular, parecendo tão nervosa quanto devo ter parecido quando subi naquele bar de cueca. Mostrou algumas fotos de seu trabalho. Ele pareceu genuinamente impressionado.

— Isso se tornou tão mais interessante de repente — disse ele depois de terminar de olhar. E se virou para mim. — E você? Quem é você?

E, como eu ainda estava magoado, e como ainda estava ciente do silêncio no meu celular, me vi dizendo:

— Eu não sou namorado de Ryan.

— Não sei se entendi.

— Nem eu.

Garrison Kline assentiu. E, delicadamente, disse:

— Não acho que seja uma boa resposta porque não a vejo como uma resposta precisa. Quero que você tente de novo. Quem é você?

— Eu estou me tornando... — comecei. E tentei de novo. — Eu estou me tornando...

Mas não consegui descobrir o final da frase.

— Talvez essa seja sua resposta — disse Katie. — Você está se tornando. Está no meio do processo de se tornar. Só não sabe o que ainda.

Isso me pareceu certo. Pareceu não haver problema parar ali no momento, enquanto andávamos pelo futuro.

Satisfeito, o fotógrafo começou a tirar fotos nossas. Sozinhos e juntos.

Só na manhã seguinte é que veríamos:
Ficamos ótimos.

Estou andando sozinho para o Sábado Rosa. Amanhã, Ryan e Taylor e alguns amigos de Taylor vão se juntar a nós na parada, mas hoje vou sozinho me encontrar com Kate e com o grupo dela.

Só quando estou a um quarteirão do Castro é que me dou conta: eu fiz isso tudo sozinho. É a primeira vez que venho até aqui sozinho, e o incrível é que só estou reparando agora. Tomo meu lugar na multidão, uma multidão que não parece anônima, porque cada um de nós é tão individual. Tem tipos demais de nós para contar; tem variações demais de nosso orgulho para serem identificadas. Vejo pessoas da minha idade e pessoas com cinco vezes minha idade. Vejo todas aquelas pessoas libertadas das definições dadas a elas, elaborando o caminho para serem definidas. Recebo olhares de homens, claro; e apesar de eu não me afastar deles, também não me aproximo. Não vim caçar e nem ser caçado. Vim para estar com meus amigos.

Do alto da rua Castro, parece que há um rio de pessoas. Percebo que parece uma marcha: fileiras e fileiras de pessoas, reunidas para exercerem seu poder. Só que, dessa vez, não estamos marchando. Não precisamos mostrar nossos números para mostrar nosso valor. Dessa vez, nosso poder vem de ficar nesse espaço, de andar no chão sagrado da nossa história e dar vida a ele. Estou sozinho, sim. Mas sou parte disso. Sou parte de tudo. Eu sinto; estou vivendo em um mundo, mas o que tenho é um universo.

Katie me envia uma mensagem, dizendo que está me esperando embaixo da marquise de néon do teatro Castro. Sem pensar duas vezes, sem hesitar, mergulho na multidão e sigo na direção dela. Eu me junto ao fluxo.

Agora estou pronto.

Estou me tornando...

Kate

22

— Você veio! — grito, quando o vejo.

Mark surgiu do meio da multidão. Está me olhando e sorrindo, e eu o envolvo em um abraço.

— Só tem você — diz ele. — E, ah, meu *Deus*, olhe só para você!

Eu dou uma gargalhada. Hoje de manhã, revirei meu material de artes e o cesto de fantasias na garagem. Cheguei à casa de Lehna com um saco cheio de tintas e purpurina para o corpo, tutus e laços e tudo de arco-íris que consegui encontrar, relíquias de nosso nono ano cheio de orgulho gay.

Ela já tinha escolhido a roupa com cuidado. Um boné virado para trás e uma camiseta cortada e sem as mangas. Convenci-a de acrescentar suspensórios de arco-íris, e ela me contou tudo sobre Candace enquanto eu montava minha roupa.

Escolhi a calça jeans que usei no sábado passado, mas desta vez com um body dourado metálico e um par de asas de anjo. Deixei o cabelo solto sobre os ombros e coloquei purpurina dourada nas bochechas e pintei os braços de muitos tons de rosa e vermelho e dourado, cheio de espirais, estrelas e alegria.

Mark diz:

— Você parece uma artista fada lésbica.

E dou outra gargalhada, porque ele está tão ele, com a calça jeans e a camiseta básica e o boné do time de beisebol da escola. E, com isso, quero dizer que está perfeito. Tão diferente de um garoto tentando ganhar o amor do melhor amigo dançando quase nu no bar. Tão diferente de alguém de coração partido demais para sair da cama. Tão diferente do garoto me esperando, perdido, em uma calçada.

Eu o abraço de novo.

— Estão nos esperando em meia hora — digo. — É quando Violet vai chegar.

— Trinta minutos só nossos — diz ele. — O que devemos fazer para preenchê-los?

Eu pego a mão dele e o puxo para o meio da multidão.

— Aonde nós vamos? — pergunta ele, mas só respondo quando chegamos à entrada do Happy Happy, e ele ri e diz:

— Perfeito.

Eu digo:

— Também achei.

Um minuto depois, estamos carregando copos de gim-tônica até a mesa à qual me sentei quando isso tudo começou. O bar está quase silencioso. A verdadeira festa está na rua; a maior parte dos bares só vai encher mais tarde. Tem muita coisa para ver, e a necessidade de ser visto. Mas agora só quero alguns minutos com meu amigo. Já ouvi sobre o dia dele com Taylor e Ryan. Ele já sabe como estou animada para ver Violet.

Mark levanta o copo.

— Nós temos de fazer um brinde — diz ele.

— Temos.

— Que semana — diz ele.

— De alguma forma, nós sobrevivemos.

— Mais do que sobrevivemos. Nós demos um show.

— Nós a beijamos de língua.

— Nós *casamos* com ela, porra — diz Mark. — Esta semana vai estar conosco para sempre.

Nós batemos os copos, tomamos goles, e é o gim-tônica mais fraco que já tomei na vida, mas não me importo.

— Acho que ele sabe que somos menores — sussurra Mark.

Nós sorrimos um para o outro, e vou ficar feliz se só ficarmos sentados bebericando água com tônica na presença um do outro pelo resto de nossos minutos sozinhos, mas a porta se abre e o bar é invadido pelo barulho da rua. Nós nos viramos para olhar, e nossos queixos caem em descrença sincronizada.

Tem outro adolescente, mais novo que nós. Ele aperta os olhos e nos vê. Para e dá um passo para trás, na direção da porta. Eu faço sinal para que ele se aproxime.

— Devo tentar comprar uma bebida? — diz ele, quando chega até nós. E aí, sussurrando: — *Eu não tenho identidade falsa.*

Apesar do que está dizendo, ele olha dentro da carteira, como se uma identidade pudesse aparecer magicamente.

— Não vale a pena — digo. — É um desperdício monumental de dez dólares.

Ele guarda a carteira no bolso, mas fica sem nada para fazer com as mãos, e vejo que estão tremendo.

— O que você está fazendo aqui? — pergunta Mark.

— Ah, hã — gagueja o garoto. — Eu, hã... eu só estava...

Se Garrison Kline estivesse aqui, daria uma olhada nesse garoto e saberia a coisa certa a dizer. Não olharia na alma do garoto, mas faria com que ele olhasse, até que o que visse não mais o assustasse tanto.

Mas Garrison Kline desapareceu de nossas vidas em uma nuvem de fumaça de fado padrinho. De alguma forma, sinto isso com certeza. Só temos nós mesmos e uns aos outros agora.

Nós nos apresentamos, e o garoto diz que o nome dele é Wyatt e que leu sobre o bar na internet e que parece um lugar legal para, sabe, dar uma olhada, e ele não tem ideia de por que veio, só sentiu vontade de sair de casa, e não consigo mais ouvi-lo falando assim.

Na camisa dele, tem um broche pequeno de arco-íris. Eu toco no broche.

— É lindo — elogio, embora seja só um pedacinho de metal e tinta barata. — Você comprou pra hoje?

Ele para a falação. E assente.

— Me deram quando saí do BART.

— E qual é a sensação de usar?

Ele inspira e expira. Sorri para a mesa e seca a testa com o braço.

Ele reúne coragem de olhar para mim.

— É bom — responde ele.

— Feliz primeiro dia do Orgulho Gay, Wyatt — declaro solenemente.

— Obrigado — diz ele.

Esconder e negar e sentir medo não é jeito de tratar o amor. O amor exige coragem. Não importa a ocasião, o amor espera que nos ergamos, e, com isso em mente, olho meu celular.

— Garotos — anuncio. — Temos uma festa pra ir.

A festa se transbordou da casa de Shelbie para a rua, onde alguns vizinhos colocaram música com um alto-falante enorme na garagem. Lehna e Candace estão sentadas com os braços ao redor uma da outra na varanda de Shelbie. Lehna sorri quando me vê. June e Umma estão dançando com várias outras pessoas. Não sei se as pessoas em volta delas são amigas de Shelbie, mas *sei* que, em um dia como hoje, não existem estranhos.

— Vamos dançar — digo para os garotos.

— Nunca dancei com uma garota de body e asas — diz Wyatt.

— Aposto que também nunca dançou com um garoto — desafia Mark, e Wyatt fica vermelho, e Mark segura a mão dele.

O sol quente. As pessoas enchendo as ruas. O baixo tão poderoso que vibra pelo meu corpo. As pessoas distribuindo doses de gelatina com bebida alcoólica e garrafas de água. As drag queens e os drag kings. Os homens trans e as mulheres trans. Os casais hétero comemorando conosco. As garotas de topless, acenando dos apartamentos acima. Os garotos gays em saídas de incêndio, balançando a bunda. Os ursos, de mãos dadas com alianças iguais. As mães lésbicas com as criancinhas nos ombros. E os que não são tão fáceis de identificar ou de definir. Os bis, os *queers*, os questionadores. Todos nós com amor no coração.

Somos todos parte disso.

Meu celular vibra.

Andando pelo Dolores Park. Topei com Greer e Quinn! Nos encontra aqui?

— Dolores Park? — grito, e Shelbie entra correndo e volta com uma toalha de piquenique. Seguimos juntos pela multidão.

Na rua Dolores, a fila de motos e scooters se prolonga por quarteirões, montadas por mulheres de todas as idades e cores, usando saltos com rebites e coturnos, lingerie e couro, e, em um caso, absolutamente nada. O sol está quente na minha pele, e a tinta nos meus braços ainda brilha. Tenho um vislumbre de mim mesma no retrovisor de um carro, e minhas bochechas ainda brilham em dourado.

Violet, eu penso.

O nome dela não é mais um feitiço que estou tentando lançar e nem um jeito de esquecer. É uma emoção que me percorre, uma corrente de amor, e ali está ela, acenando.

— Você está *incrível* — diz ela, e toca nas minhas bochechas, toca no meu cabelo, na gola do body e nas pontas das asas. Ela me gira e passa os braços pelo meu pescoço e começa a me beijar aqui, no sol quente, a boca calorosa e macia, e fico querendo mais.

Nós nos beijamos, e beijamos, e beijamos.

Eu sempre vou querer mais dela.

Quando paramos de nos beijar, eu digo:

— Tenho uma coisa pra contar.

— Conte.

— Meus pais concordaram — digo. — Mandei um e-mail para a secretaria. Então, é oficial: estou livre por um ano.

— Ah, Kate — diz ela. — Vamos fazer alguma coisa incrível.

As motos ganham vida. Os pombos saem voando. A multidão enlouquece.

Quinn está vestido com uma roupa de coelho rosa-choque.

— *Parece quente aí dentro!* — grito acima dos motores que aceleram.

— *Como é?* — responde ele.

— *Eu falei que parece quente aí dentro!*

— *Foi o que eu achei que você tinha dito!*

E então, com um floreio, ele abre a roupa e sai de dentro usando só uma sunga rosa cintilante.

— Ah, Deus! — exclamo. — Você ficou esperando o dia todo para fazer isso?

— Fiquei — responde ele, e começa a dançar.

O sol sobe ainda mais no céu e começa a descer. Ocupamos três mesas em um restaurante mexicano lotado e nos sentamos ao lado de outra pessoa cada vez que alguém grita "Trocar!". Carregamos nossos pratos e talheres para novas cadeiras e ignoramos o incômodo para os garçons enlouquecidos.

Eu me sento ao lado de Violet e seguro sua mão.

Eu me sento ao lado de Wyatt e passo purpurina em suas bochechas.

Eu me sento ao lado de Lehna e faço planos de um jantar para depois da formatura.

Eu me sento ao lado de Greer e digo que adorei o poema.

Eu me sento ao lado de Mark e digo:

— Vamos nos conhecer assim por muito tempo.

Eu me sento ao lado de Quinn, que dá um beijo em minha boca em homenagem a antigamente.

Eu me sento ao lado de uma garota que não conheço.

— Qual é seu nome? — pergunto.

— Sky — responde ela.

Eu me sento ao lado de Violet de novo. Ela diz:

— A gente podia sair de carro pelo país. Ser voluntárias na construção de casas. Morar em uma fazenda. Ainda estou pensando.

Entramos em outra festa de rua. Somos levados para a sala de um estranho para uma rodada de karaokê bêbado. Ficamos na fila de um Bi-Rite para tomar sorvete e acabamos voltando para o parque de mãos meladas, tentando prever quem seremos em cinco anos.

Shelbie diz que podemos ficar na casa dela hoje e estarmos entre os primeiros a aparecer na parada de amanhã. Todo mundo avisa aos pais, menos Greer, que liga para o abrigo, e todos os seus pais e o seu tutor dizem sim. Amanhã, vamos fazer fila pela rua Market, ombro a ombro. As Dykes on Bikes vão voltar para abrir a parada, e o prefeito estará presente, e todos os policiais e bombeiros gays. As Sisters of Perpetual Indulgence vão estar de drag completa, dublando alguma música de Katy Perry. Vai haver carros alegóricos e carros clássicos, e gritos e músicas e lágrimas. Vai haver gente velha que lutou muito pelo que temos agora. Vai haver bebês que só vão conhecer um país onde todos podem se casar. Vai haver cartazes nos lembrando o quanto ainda temos a percorrer. Vamos ver todo mundo passar, e nossos corações vão se estufar com a visão.

Mas ainda não.

Está tarde agora, e estamos andando até o Walgreens para comprar escovas de dentes e alguns travesseiros. Está tarde, mas ainda estamos bem despertos, e cada vez que Violet me toca, sou tomada de assombro, porque em pouco tempo vamos encontrar um cantinho no chão da sala de Shelbie para passar a noite juntas.

— Tá, mais três — diz ela. — A gente podia ir ao Grand Canyon. Podia aprender a cozinhar. Podia aprender uma língua que está morrendo para mantê-la viva.

— Como vamos escolher?

— Vamos escolher alguma coisa — diz ela. — Não importa o quê.

Estamos alguns passos à frente do grupo. Eu vou mais devagar e me viro para olhar. Estamos sozinhos agora, em uma rua vazia, mas os sons de comemoração ecoam pela noite. E aqui estamos nós. Lehna e Candace e Shelbie, June e Umma, Mark e Quinn e Wyatt e Sky e Greer, e Violet e eu. Não sei se vamos todos ficar juntos assim novamente. Não sei se Sky e Wyatt e Greer vão ser meus amigos para toda a vida ou só por esses dois dias. Não sei se Lehna e eu vamos acabar nos sentando em uma varanda juntas, implicando uma com a outra na velhice, ou se esta semana é o começo de um lento distanciamento da vida uma da outra. Não sei se Violet e eu vamos dar certo... mas espero que sim, espero que sim. Todos nos alcançaram agora, na esquina dessa rua, com o brilho da farmácia a um quarteirão de distância. E descemos da calçada, todos juntos, como quem diz: Aqui estamos nós, por dias difíceis e dias bons, por desespero e por euforia, apaixonados e decepcionados, só agora ou para sempre. Aqui estamos nós. É nossa parada.

AGRADECIMENTOS

Este livro nasceu durante uma conversa no dia 11 de outubro de 2012, e o primeiro capítulo dele foi enviado no dia 20 de janeiro de 2013, o que iniciou uma série de trocas que terminaria em 28 de junho de 2015. É seguro dizer que nenhum de nós em outubro de 2012 imaginava que o livro hipotético sobre o qual estávamos falando seria terminado no fim de semana da (a) Semana do Orgulho Gay com nós dois (b) em São Francisco logo depois (c) que a Suprema Corte se posicionou a favor do direito ao casamento para pessoas como nós. Gostamos de imaginar que Katie e Mark estavam comemorando com a gente na rua.

Há muitas pessoas a quem temos que agradecer pelo livro que você tem em mãos. Juntos, gostaríamos de agradecer à extraordinária Sara Goodman, cuja empolgação contagiante e palavras atenciosas sempre foram profundamente apreciadas. Também gostaríamos de agradecer a todas as outras pessoas na St. Martin's e nas nossas editoras estrangeiras, por acreditarem neste livro. Nossos agentes, Sara Crowe e Bill Clegg, e as muitas pessoas que os apoiam, também são alvo da nossa profunda gratidão.

Nina gostaria de agradecer aos adolescentes que conhece, seja na vida real ou por meio da tela do laptop, que não tiveram medo de expressar suas incertezas. Vocês lembraram a ela que pode ser uma dádiva não ter tudo claro. Ela também gostaria de agradecer a uma certa garota loura que, na aula de redação em 2010, disse que tinha medo que acabasse parando de dançar quando crescesse e que esquecesse que isso já havia sido tudo para ela. Finalmente, muitos agradecimentos ao grupo de escrita, por tornar o mundo dela tão bonito, principalmente a Amanda, por dar a ela tempo de escrever tantos capítulos, e a Kristyn e Juliet, por inúmeras maravilhas diárias.

David gostaria de agradecer a sua família e amigos (como sempre), com menções especiais a Stephanie Perkins, Rainbow Rowell e todos os autores do Openly YA com quem fez turnê nos últimos anos, inclusive (mas não somente) Bill Konigsberg, Sandy London, Aaron Hartzler, Sara Farizan, Will Walton, Adam Silvera e Juno Dawson. Ele também gostaria de agradecer a Nancy Garden, por abrir caminho para o resto de nós, e a Jen Corn, Sarah (Roo) Cline, seus filhos Maizie e Amon, Jane Mason, Sarah Hines Stephens e todo mundo na Books Inc., porque não consigo imaginar escrever um livro sobre São Francisco sem fazer um cumprimento a vocês.

E agradecemos aos leitores que nos mantêm em movimento, sem parar.

Este livro foi composto na tipologia Minion Pro,
em corpo 13/18,8, e impresso em papel off-white,
no Sistema Cameron da Divisão Gráfica
da Distribuidora Record.